JH

La senda del corazón

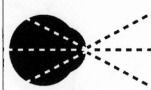

This Large Print Book carries the
Seal of Approval of N.A.V.H.

La senda del corazón

Molly O´Keefe

Thorndike Press • Waterville, Maine

Published in 2004 by arrangement with Harlequin Books S.A.
Publicado en 2004 en cooperación con Harlequin Books S.A.

Thorndike Press® Large Print Spanish.
Thorndike Press® La Impresión grande española.

The tree indicium is a trademark of Thorndike Press.
El símbolo del árbol es una marca registrada de Thorndike Press.

The text of this Large Print edition is unabridged.
El texto de ésta edición de La Impresión Grande está inabreviado.

Other aspects of the book may vary from the original edition.
Otros aspectros de éste libro podrían variar de la edición original.

Set in 16 pt. Plantin.
Impreso en 16 pt. Plantin.

Printed in the United States on permanent paper.
Impreso en los Estados Unidos en papel permanente.

Library of Congress Cataloging-in-Publication Data

O'Keefe, Molly.
    [Too many cooks. Spanish]
    La senda del corazon / Molly O'Keefe.
      p. cm.
    ISBN 0-7862-6687-2 (lg. print : hc : alk. paper)
    1. Large type books.   I. Title.
PS3615.K44T96 2004
  813'.6—dc22   2004047234

La senda del corazón

Capítulo Uno

CECELIA Grady contestó la llamada en cuanto sonó el teléfono. Estaba muy asustada.

–Samantha, dime dónde estoy –rogó.

Samantha tardó un momento en responder y Cecelia pudo oír que estaba revolviendo unos papeles.

–Bueno, por lo que veo en este mapa... estás en algún lugar cerca del rancho Morning Glory. Pero hay una cosa que no entiendo. Si tenías tres mapas con todos los detalles, ¿cómo es posible que te hayas perdido?

Cecelia se apoyó en el coche alquilado y maldijo su suerte en voz baja. Su día había sido bastante malo y tenía la impresión de que iba a empeorar. Quería mucho a Samantha Cook, su ayudante. Le gustaba su sentido del humor, su amabilidad, su eficacia, y hasta ese momento, siempre le había agradecido los esfuerzos que hacía por su proyecto para niños. Pero en aquel momento la habría estrangulado si no hubieran estado separadas por muchos kilómetros de montañas.

–En primer lugar, no se puede decir que esté exactamente perdida. Y en segundo lugar, tus mapas, por llamarlos de algún modo, incluyen comentarios como que gire a la izquierda cuando vea un roble grande y que retroceda si llego a una formación de granito. Pues bien, te recuerdo que soy asistente social, no geógrafa.

–De acuerdo, lo comprendo, pero yo misma hice los mapas y...

–Mira, esos mapas no me sirven para nada en este momento –gritó, aunque se arrepintió al instante–. Oh, lo siento, Sam... Es que estoy muy asustada.

Cecelia contempló los árboles del bosque con nerviosismo, como si estuviera esperando que la atacaran.

Samantha suspiró. Cecelia la conocía muy bien y sabía lo que significaba aquel sonido. En cualquier momento, empezaría a enumerar.

–Lo primero es lo primero –dijo su ayudante–. ¿Cómo está Nate?

Cecelia miró por encima del coche hacia su acompañante de once años de edad, Nate Hernández. Estaba en la linde del bosque, arrojando piedras a cualquier cosa que se moviera. Precisamente entonces, una piedra golpeó el vehículo.

–¡Ten cuidado, Nate! –gritó, antes de seguir hablando con su ayudante–. Se encuentra bien, no te preocupes.

–¿Y tú?

–Digamos que hoy no me siento muy positiva.

–Pero aún conservas tu sentido del humor...

–No creas. Me está costando mantenerlo.

Cecelia trabajaba en asistencia social en Los Ángeles y sus obligaciones laborales la habían llevado a muchos sitios interesantes, pero aquella era la primera vez que acababa en la cima de una montaña de Montana, en mitad de ninguna parte.

Desde luego, era culpa suya. Había insistido en ver personalmente la última fase de su proyecto para niños, una innovadora iniciativa destinada a salvar a los jóvenes más desfavorecidos de la violencia, las bandas y la droga.

Cecelia sabía que la mayoría de los niños que acababan en los reformatorios eran producto de un medio hostil, y sabía que si los alejaba de las malas influencias de su entorno, tendrían al menos una oportunidad. Nate Hernández era el conejillo de indias. Iba a llevarlo a un rancho de Montana, el Morning Glory, para que pasara allí el verano. El rancho pertenecía a los padres de Samantha, que eran la contraparte del proyecto en calidad de familia receptora.

Cecelia llevaba mucho tiempo esperando aquella oportunidad. El proyecto de recolocación de niños era suyo, y suyo también sería su éxito o su fracaso. Por eso había reaccionado con tanto nerviosismo al encontrarse en medio de ninguna parte con un pequeño delincuente juvenil y sin más ayuda que un teléfono móvil.

Samantha intentó tranquilizarla:

—Sé que estás sometida a mucha presión, pero Nate y mis padres son perfectos para el proyecto.

Un año antes, Cecelia había llegado a creer que nunca lo conseguiría. Se había entrevistado con muchas personas que lo único que querían era obtener el pequeño subsidio que daba el gobierno a las familias interesadas. Algunos mentían, otros eran alcohólicos e incluso había gente que necesitaba más ayuda que los propios niños.

Estaba tan desesperada que un día rompió a llorar. Entonces, Samantha se aproximó a ella.

—Creo que mis padres estarían interesados en una entrevista —declaró, sonriente—. Les interesa tu proyecto.

–¿Tu madre es alcohólica? –bromeó.

Samantha rio.

–No.

–¿Y tu padre es un ladrón?

–No, tienen un rancho en Montana.

Rancheros de Montana. Cecelia se dijo que serían perfectos para un chico de South Central, de Los Ángeles. Seguramente eran una típica pareja de la zona, que se sentaba cada noche para charlar sobre el trabajo en el campo y disfrutar de las vistas. Imaginó que nunca habrían visto bandas de delincuentes juveniles y ni siquiera ladrones de coches.

Cecelia se reunió inmediatamente con ellos, pero no tuvo ocasión de terminar el trabajo preliminar, como visitar el rancho antes de ir con Nate. Por eso se había perdido.

–Hay una cosa que no entiendo, Samantha. Si creciste aquí, ¿cómo es posible que tus mapas sean tan malos? –preguntó, más relajada.

–Te advierto que como cuelgue el teléfono no conseguirás encontrar el camino...

–De acuerdo, no protestaré más, pero sácame de aquí.

Mientras su ayudante intentaba explicarle la forma de encontrar el rancho, Cecelia echó un vistazo a su alrededor por primera vez. La vista era preciosa. Un cielo azul y montañas cubiertas de árboles que bajaban hacia el valle.

–Tuviste mucha suerte, Sam –continuó.

–¿A qué te refieres?

–A crecer aquí, con tus padres. Supongo que fuiste una vaquera afortunada.

–Sí, lo sé.

Cecelia apuntó las indicaciones de su ayudante en una servilleta que llevaba encima y acto seguido se aseguraron de que esta vez sabía encontrar el camino.

–Por cierto, ¿qué tal va el coche? –preguntó Samantha.

El vehículo de Cecelia era bastante viejo y no estaba pensado para aquellas montañas. Habían tenido que quitar el aire acondicionado al subir el puerto, porque el motor se calentaba demasiado.

–Tengo la impresión de que se va a estropear en cualquier momento... Ah, mientras subíamos puse la radio y dijeron algo sobre osos.

–¿Qué dijeron?

–Que hay osos en los alrededores. Bueno, en realidad afirmaron que su presencia era muy significativa y que la gente tuviera cuidado. ¿Qué quisieron decir?

–Que estás rodeada por un montón de osos agresivos.

–¡Eso no tiene gracia, Sam!

–No estoy bromeando. Mira los árboles. ¿Están perfectamente o parece como si un animal gigante se hubiera frotado contra ellos?

–Oh, bueno... no, no tienen muy buen aspecto.

–En tal caso, te sugiero que subas al coche de inmediato y que sigas tu camino.

–Genial.

Cecelia silbó e indicó a Nate que regresara rápidamente al vehículo. El chico obedeció y la mujer se sentó en el asiento del conductor.

–Ah, Cecelia...

–¿Qué?

–¿Recuerdas que mis padres estuvieron hace poco de viaje?

Cecelia arrancó el vehículo y se dirigió montaña abajo, tal y como Samantha le había indicado. La carretera era muy mala y estaba llena de baches.

–Sí, era su aniversario, ¿no?

–En efecto, pero surgió un pequeño problema.

–¿Un problema? –preguntó, nerviosa.

–Básicamente, aún no han regresado al rancho –respondió.

–¿Qué quieres decir? ¿Siguen en el aeropuerto? ¿Están visitando a algún vecino? ¿Qué significa eso?

–Suspendieron su vuelo por el mal tiempo y siguen en Florida.

–¿Por cuánto tiempo?

–Dos días, según tengo entendido.

–Pero tus hermanos están en el rancho, ¿no es cierto? Y supongo que nos están esperando...

Cecelia se dijo que no era el fin del mundo. Samantha hablaba mucho de sus hermanos, y por lo que decía, parecían unos santos.

–Sí, te están esperando e incluso yo diría que están muy animados por el proyecto. Pero hay algo que...

–Cuéntamelo de una vez, Sam.

–Verás, se trata de Ethan. No le han dicho nada todavía y podría crear problemas.

–¿Cómo es posible que no le hayan dicho nada? ¿Es que estaba fuera del rancho?

–No, no, estaba en casa. Pero... bueno, puede ser problemático.

–No me digas eso, Sam. Estoy perdida, rodeada de osos furiosos, con un verdadero peligro en el asiento de atrás y ahora tengo que vérmelas también con tu hermano mayor...

–No te preocupes, no es importante. Lo único que pasa es que no sabe que vais al rancho y que no le gustan demasiado los cambios.

–Bueno, no pienso redecorar vuestra casa. Solo llevo a un chico para que pase un tiempo al aire libre. En fin, Sam, ya hablaremos más tarde. Ahora tengo que concentrarme en la carretera.

Cecelia colgó y comenzó a buscar el rancho. No había muchas carreteras en la zona, así que supuso que no sería tan difícil.

–Estamos perdidos, ¿verdad? –preguntó Nate.

–No. Bueno, ya no –respondió–. Anímate, llegaremos enseguida.

–Ya –dijo el niño, con escepticismo.

–Mira qué puesta de sol. En Los Ángeles no se ven puestas de sol como esta...

–Tonterías. En Los Ángeles tenemos el mismo sol que aquí, y no sé por qué tenemos que hacer cientos de kilómetros solo para verlo –gruñó Nate–. ¿Por qué tengo que ir a ese rancho?

Cecelia respiró profundamente. Había contestado esa misma pregunta docenas de veces desde aquella mañana, cuando subieron al coche. Pero comprendía los sentimientos del chico. Una asistente social lo había alejado de su familia y era lógico que se sintiera inseguro.

–Piensa en tu madre, en la mujer que está a cargo de ti.

–Yo no estoy a cargo de nadie.

–Sí, de mí.

–Sí, claro...

–Tu madre no quiere que acabes como tu hermano Eddie. Te pillaron con miembros de su banda y la policía te ha detenido media docena de veces, Nate.

Nate palideció. El asunto de Eddie era muy delicado para el chico.

–No he hecho nada malo.

–Dudo que los dueños de esos coches estuvieran de acuerdo contigo. Ni el dueño de aquella tienda.

Bajo la apariencia de duro del chico, se ocultaba un gran corazón. Cecelia sabía que se sentía avergonzado por lo sucedido y precisamente por ello lo había elegido para el proyecto. Con un poco de suerte, las calles de Los Ángeles no acabarían con él.

Además, era perfectamente consciente de que un asistente social no podía hacer gran cosa en situaciones normales. No tenía los medios suficientes ni conseguía acercarse tanto como sería necesario a la gente que quería ayudar. Algunos, incluso, la odiaban.

Sin embargo, creía que aquel proyecto cambiaría las cosas.

–Tu madre quiso que fueras el primer chico del proyecto. Quiere sacarte de las calles. Pero no deberías molestarte. Tómatelo como unas vacaciones. Además, dime, ¿cuántos de tus amigos han montado alguna vez a caballo?

El niño se encogió de hombros, pero no contestó.

–¿Has montado alguna vez a caballo? –insistió.

–No.

–Yo tampoco. ¿Tienes miedo?

–¿De un estúpido caballo? En absoluto.

Cecelia sonrió y pensó que tenía mucha suerte. El padre de Samantha era un hombre muy carismático, que hasta cierto punto intimidaba. Era un vaquero con la cara de Clint Eastwood y el cuerpo de John Wayne. En todos los sentidos, resultaba perfecto para un niño que tenía en gran estima a los ricos traficantes de drogas.

Su esposa también era perfecta para el proyecto. Más agradable en el trato que el señor Cook, tenía sin embargo mucho carácter; no en vano, había criado a cuatro hijos, tres de los cuales eran hombres. Sabía todo lo que se podía saber sobre niños, era una gran cocinera y se había mostrado realmente entusiasmada ante la perspectiva de ayudarla con Nate.

En aquel instante, Cecelia se sorprendió. Habían pasado solo un par de minutos y ya casi era de noche. Al parecer, en aquel lugar anochecía más rápidamente que en Los Ángeles, tal vez por las montañas.

–¿Estamos cerca del rancho? –preguntó el niño.

Justo entonces, la carretera giró y se encontraron subiendo por otra montaña.

–Sí, estamos a punto de llegar –mintió.

Casi al mismo tiempo que contestaba, el motor del coche hizo un ruido muy extraño.

–¿Qué sucede? –preguntó el niño.

Cecelia no tenía la menor idea. Encendió las luces para ver mejor, pero se llevó un gran susto. En la oscuridad del bosque, todas las sombras le parecían osos a punto de atacar.

Siguieron avanzando unos minutos. Estaba tan nerviosa que tenía miedo de sufrir un ataque de pánico en cualquier momento.

–Creo que el rancho debe de estar en lo alto de la montaña –dijo, para tranquilizarse.

–¿De esta montaña, o de la siguiente? –preguntó Nate.

–De esta.

Por desgracia, el motor empezó a hacer más ruido y al cabo de unos segundos, se detuvo, sencillamente. Cecelia intentó arrancar de nuevo, pero no lo consiguió.

–¿Qué ocurre?

–Yo...

Estaba aterrorizada. Lo peor no era que el coche se hubiera parado. Lo peor era que estaba empezando a deslizarse cuesta abajo y no podía hacer nada para evitarlo.

–¿Qué sucede? –preguntó de nuevo Nate, tan asustado como ella.

–¡Abre la puerta y salta!

Nate no pudo reaccionar. Se quedó mirándola, asombrado, mientras el vehículo comenzaba a ganar velocidad. Cecelia se inclinó sobre él y ya estaba a punto de abrir la portezuela para empujarlo cuando el vehículo chochó de repente contra un árbol y se detuvo.

–¿Estás bien? –preguntó Cecelia, mientras acariciaba al chico.

–Sí, quítame las manos de encima.

La asistente social no hizo el menor caso y siguió acariciándolo hasta que se aseguró de que se encontraba bien. Entonces, intentó arrancar de nuevo, sin éxito.

Salió del coche y comprobó los daños.

Además de un par de rasguños en la pintura y del golpe por el choque con el árbol, todo parecía bien.

–¿Y ahora qué hacemos? –preguntó Nate–. Yo ya sabía que esta idea era estúpida. Fue estúpido que viniéramos aquí y estúpido que...

–¡Eh, basta! Te dije que no hablaras tan mal delante de mí.

–Sí, bueno...

Cecelia no sabía qué hacer. No tenía la menor idea de cómo podía encargarse del chico, sacar todas las cosas del maletero y encontrar el rancho Morning Glory en plena oscuridad y sin saber dónde estaban.

–Recoge tu bolsa, amigo. Nos vamos –dijo al fin, intentando imitar el acento de John Wayne.

–¿Estás bromeando?

–En absoluto.

Recogieron todo lo que pudieron del coche y comenzaron a subir hacia la cima de la montaña.

–¿Tienes una linterna? –preguntó el niño.

–Claro que sí.

Cecelia la encendió, pero era muy pequeña y apenas iluminaba el camino.

–Bueno, es mejor que nada –añadió.

Caminaron en silencio y la asistente social no dejaba de prestar atención al bosque, casi esperando algún sonido que no fuera humano. Y poco después, lo escuchó.

–Nate... –susurró.

–¿Qué? –preguntó el chico, en voz alta.

–Ssssss...

Entonces pudo oírlo de nuevo. Era como si alguien o algo avanzara sobre las hojas secas, directamente hacia ellos.

–¡Corre! –gritó Cecelia.

Nate y ellacorrieron tan deprisa como pudieron, a pesar de ir cargados con las bolsas.

–¿Qué ha sido eso? –preguntó Nate.

–No lo sé... –respondió, sin dejar de correr.

Fuera lo que fuese, los estaba siguiendo y estaba a punto de alcanzarlos. Cecelia se giró para mirar y justo en aquel momento resbaló y cayó sobre algo caliente que olía bastante mal. Por desgracia, la linterna se perdió entre los árboles.

–¿Cecelia? –preguntó Nate, asustado por la repentina oscuridad–. ¿Te encuentras bien? ¿Dónde estás?

–Me he caído, Nate. Creo que me he torcido un tobillo. Corre... sigue la carretera hasta que llegues al rancho –gritó.

–Pero...

El pequeño no sabía qué hacer. Estaba muy confundido.

—Estoy bien, en serio, hazme caso. Márchate.

—No puedo dejarte aquí —protestó.

Cecelia estaba a punto de insistir cuando oyó un sonido que no se parecía nada al gruñido de un oso. Era un hombre, que reía.

—Quédate donde estás, chico —dijo una voz profunda, entre carcajadas—. Parecéis un par de cervatillos atrapados.

Entonces, la luz de una linterna los iluminó.

Capítulo Dos

CECELIA sintió gratitud y miedo al mismo tiempo. Estaba acostumbrada a las normas de una ciudad como Los Ángeles, donde no se podía confiar en un desconocido. Y aunque aquel hombre pareciera un caballero dispuesto a rescatarlos, cabía la posibilidad de que fuera incluso peor que un oso.

El hombre se acercó y desmontó de su caballo. Con la escasa luz de la linterna, Cecelia solo pudo distinguir unos pómulos pronunciados y un sombrero texano.

Nate se puso a la defensiva y la asistente social se levantó, a pesar del dolor, y adaptó una posición de kárate.

–Podéis tranquilizaros. Esta noche no me siento con ganas de asesinar a nadie –bromeó el individuo–. Pensé que necesitabais ayuda.

Cecelia se sentía ridícula. Las horquillas con las que se había recogido su cabello negro, se habían soltado. Su profesional traje estaba roto y tenía la cara sucia. Además, y para empeorarlo todo, en aquel momento sintió que la cosa cálida y maloliente en la que había resbalado se deslizaba por una de sus piernas y caía al suelo.

El hombre volvió a reír.

–No necesitamos ayuda –dijo Cecelia.

–No sois de por aquí, ¿verdad?

–No –respondió, riendo con nerviosismo–. Nuestro coche...

–¿Se ha estrellado contra un árbol? –la interrumpió.

–Sí, bueno, y después pensamos que...

–¿Qué yo era un oso?

–Eh, cretino, ¿piensa ayudarnos o no? –gritó el niño–. Porque si no va a hacerlo, monte de nuevo en su caballo y lárguese de aquí.

–¡Nate! –protestó Cecelia.

El chico la miró, enfadado, pero abandonó su actitud y se sentó sobre su bolsa, en el suelo.

–Lo siento –se disculpó.

–Ha sido un día muy largo –dijo Cecelia, intentando explicar la actitud de Nate.

–¿Qué estáis haciendo aquí?

–Estamos buscando el rancho Morning Glory. ¿Sabes dónde está?

–¿Por qué quieres saberlo? –preguntó, con dureza.

A Cecelia le sorprendió su tono repentinamente agresivo.

–¿Te importa?

–Por supuesto. Es el rancho de mi familia –respondió él.

–Oh... Entonces, tú debes de ser uno de los chicos...

–Soy Ethan Cook. Pero nadie me dijo que estuviéramos esperando a una mujer y a su hijo.

–No sé por qué no te lo dijeron, pero permítame que nos presente. Me llamo Cecelia Grady, y este es Nate Hernández. Nos están esperando.

–Yo no os esperaba.

–Bueno, estoy segura de que ha surgido algún malententido, pero si nos llevas al rancho, Mac y Missy podrán explicártelo.

Ethan Cook rio.

–Va a ser difícil, porque están en Florida.

Cecelia respiró profundamente para tranquilizarse. Le dolía mucho el tobillo, olía mal y no estaba de humor para discutir en plena oscuridad con un hombre que había confundido con un oso.

–Sí, lo sé. Perdieron el avión por el mal tiempo. Creo que llovía.

–Es algo más que una tormenta tropical. Es Edward.

–¿Edward?

–Sí, el huracán Edward, que ha estado

arrasando la costa Este desde hace tres días. ¿No lo sabías? ¿Es que vives en una cueva? –preguntó, con arrogancia.

A Cecelia no le gustaba nada el tono de aquel hombre, pero los había salvado y además era un Cook, así que hizo un esfuerzo por controlarse.

–Mira, tal vez no te avisaran de nuestra llegada, pero nos están esperando. Si nos llevas al rancho, podremos aclararlo todo de una vez.

–El rancho está a poco menos de un kilómetro, siguiendo la carretera. Seguid andando y ya llegaréis.

Ethan la iluminó entonces con la linterna y Cecelia se sobresaltó. Al ver la sonrisa de aquel hombre, a la luz de la luna, la asistente social no fue capaz de mantener la calma. Se inclinó, se quitó el zapato con el que había pisado la masa maloliente y ni corta ni perezosa se lo arrojó al recién llegado. Le golpeó directamente en el estómago.

Nate comenzó a reír.

–Buen tiro –dijo entonces Ethan–. Solo por eso, os habéis ganado un viaje a caballo hasta el rancho.

El vaquero recogió el zapato, lo tiró a los pies de Cecelia y añadió:

–Dejad el equipaje aquí. Luego vendremos a buscarlo.

–No pretenderás que montemos en... en esa cosa –protestó el niño.

–Es cierto –dijo Cecelia–. ¿No podrías enviar un todoterreno o algo así?

–Para empezar, esto no es una cosa. Es un caballo y se llama Freddie. Y ahora, montad. Tú primero, chico.

–Está bien... –dijo Nate.

El chico aceptó la mano que le tendió Ethan y montó con él, delante del vaquero.

–Ahora te toca a ti. Te sentarás detrás de mí.

–No sé, tal vez debería ir andando...

La asistente social ni siquiera tuvo tiempo de reaccionar. De repente, el vaquero la agarró por la cintura y de algún modo consiguió montarla en el caballo.

–Agárrate a mí –le recomendó Ethan, para que no se cayera.

Cecelia se agarró a él con una mano, mientras con la otra intentaba bajarse un poco la falda.

Entonces, y sin previo aviso, el caballo se puso en marcha. Cecelia estaba muy tensa. No solamente tenía la falda escandalosamente subida, sino que el movimiento del animal hacía que sus senos bajaran y subieran, frotándose contra la espalda del vaquero.

No pudo evitar pensar en aquella espalda, tan musculosa. Era un hombre muy alto. Ni siquiera le llegaba a los hombros, y cuando la había tomado por la cintura notó que no tenía ni un gramo de grasa en el cuerpo. Era todo músculo.

Intentó evitar el contacto, pero estuvo a punto de caerse y volvió a apretarse contra él. Lamentablemente, sus muslos también chocaban contra las piernas del hombre, enfundadas en un pantalón vaquero.

Ethan notó su incomodidad y dijo:

—No tienes nada que no haya sentido antes, así que relájate.

Cecelia no supo dónde meterse. Se había perdido, se había caído en una boñiga de caballo, había confundido a un hombre con un oso y ahora hacía el ridículo con un hombre que parecía salido de un western. No le quedaba ninguna dignidad, así que intentó relajarse y apoyó la cabeza en su espalda.

Pero estaba rota. Sus ojos se llenaron de lágrimas, que intentó secar contra la camisa de Ethan.

—No me importa que llores. Pero si tienes intención de sonarte la nariz con mi camisa preferida, te las verás conmigo –dijo el vaquero.

–¿Por qué está llorando? –preguntó Nate.

–Se ha torcido el tobillo –respondió él.

El rancho Morning Glory estaba en lo alto de un pequeño valle. Dos riachuelos atravesaban la propiedad y proporcionaban todo el agua que pudieran necesitar. El edificio principal era una casa de dos plantas con un jardín más grande que el apartamento de Cecelia, pero lo que más llamaba la atención era el establo, con tres cercados a su alrededor. A lo largo del valle se divisaban varias construcciones más. La luna brillaba ahora sin él obstáculo de los árboles, inundándolo todo con una luz blanca y clara, casi más brillante que la luz del sol.

–Dios mío –dijo Cecelia.

–Caramba... –dijo el chico, tan sorprendido como ella por la belleza del lugar.

Tal vez fuera por el día que había tenido, pero Cecelia tuvo la impresión de que aquel rancho pertenecía a otro mundo. Todo era diferente. Incluso ella misma lo era. Con su pelo hecho un desastre, su falda subida y el tobillo torcido, se sentía más insegura que en toda su vida.

Ethan los llevó hasta la casa y desmontó. Después, ayudó a bajar a Nate y acto seguido extendió las manos hacia Cecelia como si esperara que se arrojara a sus brazos, así que la asistente social lo intentó.

Sin embargo, cuando iba a girarse hacia él, resbaló en el caballo y cayó por el lado contrario del animal.

Nate y Ethan se quedaron allí, mirándola, tan asustados como divertidos.

—Dios me libre de las mujeres inútiles —bromeó Ethan.

Justo entonces apareció una mujer.

—¿Te encuentras bien? —preguntó la recién llegada.

Cecelia miró a la joven, cuyos ojos marrones la miraban con preocupación, y de inmediato supo que había encontrado un hombro en el que llorar.

—Sí —respondió.

—Se ha torcido un tobillo —intervino Ethan—. ¿Puedes traernos un poco de hielo, corazón?

Cecelia pensó que la joven era la esposa del vaquero y se ruborizó. Solo unos minutos antes, sus piernas y sus senos habían estado rozando el cuerpo de aquel hombre. Sabía por Samantha que Ethan tenía treinta y dos años y que era el encargado del rancho, pero no le había mencionado que estuviera casado.

Miró al niño y sintió el deseo de abrazarlo, no tanto por él como para recibir un poco de cariño. Pero tenía un trabajo por delante, de modo que intentó controlarse.

–Formo parte de un proyecto de rehabilitación. Trabajo con tu hermana Samantha –dijo–. Tus padres se prestaron voluntarios para cuidar de Nate durante el verano.

–Sí, no me extraña nada en ellos –gruñó Ethan.

Cecelia se levantó del suelo y miró al vaquero. En Los Ángeles había conocido a mucha gente atractiva; mujeres y hombres de cuerpos perfectos, tan perfectos como el de Ethan. Pero había algo más en él. Tal vez fuera su sombrero de vaquero o la sombra de la barba en su mandíbula. Tal vez, la forma en que dominaba a su montura o la sensación de sus piernas y de su espalda contra su cuerpo. Tal vez fueran su pelo oscuro y sus ojos grises, sus rasgos duros, sus grandes labios y su intenso y masculino aroma.

–Tus padres me dijeron que se marchaban de vacaciones una semana para celebrar su aniversario –dijo–, pero no imaginamos que los detendría una tormenta tropical.

¿Quién puede quedarse atrapado por una tormenta tropical?

–Millones de personas –respondió él, con ironía.

–Pero no rancheros de Montana... Además, supongo que tu padre tendrá que cuidar de las reses o de algo así.

–Yo me encargo de todo en su ausencia.

El vaquero hablaba con tal arrogancia que Cecelia estaba a punto de sufrir un ataque de nervios.

–¡Genial! Así que no sabías nada de nosotros... Teniendo en cuenta tus malos modales, no me extraña que no te dijeran nada.

–¿Malos modales? Mira quién fue a hablar. Pero no importa cuál sea el trato que hayas hecho con mis padres. Yo soy el encargado del rancho.

–Ah, claro. El encargado de molestar a las mujeres y a los niños y de sobrepasarse con personas que se han torcido un tobillo.

Ethan dio varios pasos hacia ella.

–¿Quieres que me sobrepase de verdad? –preguntó él.

–Escucha...

En aquel momento, intervino la mujer que había salido de la casa:

–¡Ethan! Déjala en paz. Se acaba de caer de un caballo.

Ethan y Cecelia se miraron el uno al otro durante unos segundos.

—Entrad —dijo Ethan, de forma brusca—. Alyssa os acomodará.

Antes de que la asistente pudiera decir nada, Ethan montó de nuevo en su caballo y desapareció en mitad de la noche. Estaba realmente enfadado, pero no podía olvidar el contacto del cuerpo de aquella mujer.

Había sido un comienzo de noche bastante extraño. Al verlos en mitad del camino se había reído de lo lindo, y cuando la desconocida gritó al niño para que siguiera corriendo, tuvo que hacer un esfuerzo para no estallar en carcajadas.

Su intención era buena. Solo quería ayudarlos. Sin embargo, había algo en los ojos de aquella mujer y en su tono de voz que lo sacaba de quicio.

Estaba seguro de que había dicho la verdad con respecto a sus padres y al niño. Ya había notado que se traían algo entre manos, pero no había tenido ocasión de averiguarlo porque siempre estaba trabajando. Trabajaba mucho y muy duro, y ahora tendría que hacer de niñera de un chico y de una mujer de largas piernas y precioso cuerpo, pero totalmente inútil en el campo. Una mujer de ciudad cuyo contacto había despertado en él emociones que no había sentido en mucho tiempo.

En cualquier caso, no podía encargarse de ellos. Tenía que cuidar del rancho.

Mientras cabalgaba hacia el establo, Freddie notó el enfado de Ethan y comenzó a moverse con nerviosismo. Ethan tiró un poco más fuerte de las riendas, para tranquilizarlo, y el animal relinchó.

El vaquero ni siquiera se dio cuenta de que Nate lo estaba observando, boquiabierto.

–¿Nate?

Cecelia llamó al niño desde la cocina y Nate entró en la casa. No quería que lo vieran contemplando a Ethan. No le importaba que fuera un vaquero ni que actuara con tal seguridad. Se dijo que seguramente no sabría cómo comportarse en un barrio como South Central. En la ciudad, sería un simple provinciano.

Capítulo Tres

QUÉ? –preguntó Nate, al entrar en la cocina. El niño intentaba no parecer impresionado por el rancho ni por la belleza de Alyssa, que en aquel momento preparaba unos bocadillos de jamón con mostaza y queso. Pero le estaba costando mucho.

–¿Tienes hambre? –preguntó Cecelia.

La voz de Cecelia dejó entrever su cansancio y Nate lo sintió por ella. Sabía que quería ayudarlo, pero estaba confundido y no sabía qué hacer, de modo que se comportó como siempre.

–Sí, tengo hambre –espetó.

Nate se sentó junto a la enorme mesa que ocupaba la parte central de la sala, y pensó que aquella cocina era más grande que toda la casa de su madre. Contempló las paredes y le gustó la madera y la piedra con la que estaban hechas. Eran tan anchas que allí nadie podría escuchar los gritos de los vecinos cuando discutían, ni otros sonidos aún más terroríficos que se oían con frecuencia en el minúsculo apartamento de su madre.

Alyssa se acercó a la mesa y dejó los bocadillos y unas zanahorias junto al chico.

–¿Por qué me das esto? –preguntó el niño, mientras tomaba una zanahoria.

Nate no pudo recordar cuándo fue la última vez que había probado una zanahoria. Ni siquiera recordaba su sabor.

–Nate...

Cecelia estaba a punto de sufrir una crisis nerviosa y no sabía si se encontraba con fuerzas para tener otro enfrentamiento con el chico.

–Aquí se suelen comer zanahorias con los bocadillos de jamón –intervino Alyssa–. Pero si no las quieres, tampoco podrás comerte el bocadillo.

Alyssa extendió una mano hacia el plato del niño, y Nate supo de inmediato que las reglas eran distintas en aquel lugar.

–De acuerdo –dijo, mientras pegaba un bocado a una zanahoria.

Entonces, su anfitriona se sentó frente a Cecelia. Sus grandes ojos verdes estaban llenos de comprensión y compasión por ellos.

–Habéis tenido un día muy duro... Pero disculpadme, todavía no me he presentado. Soy Alyssa Halloway, aunque me llaman Lis.

—Yo soy Cecelia Grady.

—Oh, sé quién eres. Eres la amiga de Samantha. Supongo que ese huracán te ha estropeado los planes...

—No necesariamente. Si Ethan coopera, seguro que podremos sacar adelante el proyecto. Pero me temo que después del enfrentamiento que hemos tenido, tu marido tal vez no esté muy dispuesto a...

Lis rio.

—¿Mi marido?

—¿Es que no es...?

—No, claro que no. Ethan y yo no estamos casados, por suerte para mí. Yo soy la cocinera del rancho.

Cecelia se dijo que no era asunto suyo, pero se sintió aliviada.

Aquel hombre la atraía. Sin embargo, pensó que los caprichos hormonales eran el menor de sus problemas. Después de haberle arrojado un zapato y de haberse enfrentado a él, no sabía cómo podría convencerlo de que a pesar de lo que parecía era una mujer racional y razonable. Cabía la posibilidad de que Ethan los echara del rancho y de que tuvieran que regresar más tarde, cuando sus padres ya hubieran regresado de sus vacaciones.

Cerró los ojos, cansada, y entonces sintió el cálido contacto de Lis en sus manos.

–No te preocupes –dijo la mujer–. Ya verás como todo sale bien. Ethan no va a echaros, y los Cook estarán de regreso en pocos días.

–Pero no entiendo cómo es posible que no lo avisaran de mi llegada...

–Es que Ethan puede ser muy obstinado, y en ocasiones es mejor no enfrentarse a él y aplicarle la política de hechos consumados.

–Cecelia le tiró un zapato –intervino el chico–. Y estaba lleno de...

Cecelia carraspeó, avergonzada por lo que había hecho. Pero Alyssa rio.

–Estoy segura de que se lo merecía. Puede llegar a ser insoportable. Pero insisto, Cecelia, no te preocupes.

Cecelia asintió, aunque no estaba muy segura.

Lis estuvo hablando un rato mientras los recién llegados comían. Explicó que durante el verano estaba trabajando en el rancho para pagarse los estudios de veterinaria en la universidad de Montana. Al parecer, prácticamente había crecido en el Morning Glory, porque sus padres eran los dueños de una propiedad cercana.

Cecelia escuchó sus palabras, asintió y rio sus bromas. En seguida descubrió que Alyssa Halloway le caía muy bien.

Cuando terminaron de comer, Lis los llevó a sus dormitorios, les dio mantas y sábanas y se despidió de ellos. Y Cecelia y Nate estaban tan cansados que se acostaron sin decir nada más.

La casa estaba muy tranquila cuando Ethan regresó. Era una clase de tranquilidad que le gustaba, la tranquilidad tras un duro día de trabajo que anunciaba otro duro día de trabajo. A fin de cuentas, el rancho lo era todo para él.

Dejó el equipaje de Cecelia y de Nate en la entrada y caminó hacia la cocina. La luz estaba encendida y Lis había dejado una nota para él. Abrió el frigorífico, tomó una cerveza y leyó la nota. Al parecer, Nate estaba en la habitación de invitados y Cecelia se había acostado en el dormitorio de sus padres. Además, la cocinera le había dicho que sus padres habían llamado por teléfono y que volverían a hacerlo a las doce de la noche.

Ethan miró su reloj. Eran las once en punto.

Se quitó las botas y la camisa sucia y dejó la prenda junto a la lavadora. Después, echó un trago de cerveza y caminó hacia el salón para esperar la llamada de sus padres.

Estaba oscuro, pero los muebles se encontraban en el mismo sitio desde que era pequeño y reconocía cada centímetro de aquel lugar. Se sentó en el sofá y cuando quiso tumbarse golpeó lo que parecía ser un cuerpo.

Alguien gritó y comenzó a golpearlo.

–Eh...

En aquel momento vio que un puño se acercaba a su cara y lo desvió, aunque no pudo evitar que lo golpeara en la boca. Cayó al suelo, en medio de un charco de cerveza, y cuando se llevó la mano a los labios vio que tenía sangre.

Cecelia despertó, sobresaltada, y comprendió lo que había hecho.

–Oh, no...

–Me temo que sí –gruñó él–. ¿Se puede saber qué estás haciendo aquí?

–Te estaba esperando. Quería disculparme...

Ethan se tocó la cabeza. Se había dado un buen golpe al caer y le dolía. Entonces, la miró y se estremeció. Cecelia llevaba una camiseta ajustada y le pareció extremadamente sensual. Había visto a muchas mujeres en situaciones similares, pero la escasa luz del salón multiplicaba el atractivo de aquella mujer.

—Todo ha sido un error —continuó ella—. Pero estoy segura de que podemos arreglarlo...

—¿Arreglar qué? —preguntó.

Cecelia se levantó del sofá y dejó caer la manta con la que se había tapado. Además de la camiseta llevaba unos pantalones de deporte. No se podía decir que su indumentaria fuera precisamente refinada. Y, sin embargo, resultaba terriblemente atractiva.

Cuando se inclinó para recoger la manta, Ethan no pudo evitar mirarla con atención, intentando adivinar algo más bajo su camiseta.

—La situación —respondió—. Tus padres llamaron por teléfono mientras estabas afuera, y yo... bueno, no sé por qué no te avisaron de nuestra llegada.

—Te diré por qué. Porque esto no es una buena idea. El Morning Glory no es un buen lugar para un niño con problemas.

Cecelia se mordió el labio inferior y respiró profundamente. El comentario de Ethan le había molestado, pero su mal genio no resolvería los problemas.

—Comprendo lo que sientes, pero no tenemos mucho margen de maniobra en esta situación. Estoy segura de que podemos llegar a algún tipo de compromiso.

La mujer evitó la mirada del vaquero. Su semidesnudez la estaba afectando.

—¿Un compromiso? Te recuerdo que me has arrojado un zapato lleno de excrementos de caballo. No puedes pedirme un compromiso después de algo así.

—Mira, según el acuerdo original, tengo que quedarme una semana en el rancho hasta asegurarme de que Nate se encuentra bien. Tus padres han dicho que volverán tan pronto como sea posible, así que solo tendríamos que estar juntos unos cuantos días.

Ethan gruñó y volvió a sentarse en el sofá. No parecía dispuesto a cambiar de opinión.

—No pienso colaborar en nada.

—¿Estás seguro de que entiendes bien la situación?

—Sí, pero no creo que tú la entiendas.

Cecelia no sabía qué decir. Era obvio que ni el niño ni ella le gustaban.

—Ethan, estás poniendo en peligro años de trabajo y un programa que puede salvar las vidas de cientos de chicos —declaró, levantando un poco el tono de voz—. Nate solo es un niño. No tiene la culpa de haber nacido donde nació. Es listo y está asustado y quiere mejorar pero no sabe cómo. Y ahora, cuando de repente tiene una oportunidad, tú le das con la puerta en las narices solo porque no te gustan los niños.

–Yo no tengo nada en contra del chico. Eres tú quien me disgusta.

Cecelia se ruborizó. En parte por el insulto y en parte porque se sentía muy atraída por él.

–Tú tampoco me agradas demasiado. Pero te estoy ofreciendo la posibilidad de ayudar a Nate esta semana. Podemos hacer lo posible para mantenernos alejados tú y yo.

Ethan la miró, sin saber muy bien lo que pensar. Pero al final, dijo:

–Eres increíble. Pero está bien. Mantente lejos de mi camino hasta que vuelvan mis padres. Sin embargo, te advierto que si tú o el niño molestáis a alguna persona del rancho, os echaré de inmediato.

Cecelia y Ethan se miraron durante unos segundos. Después, la mujer recogió la manta y salió del salón con la cabeza bien alta pero realmente avergonzada.

Ethan la observó mientras se alejaba y echó un trago de lo que había quedado de la cerveza. Tuvo que hacer un esfuerzo para no seguirla, detenerla y besarla.

Unos minutos más tarde, sonó el teléfono. Era su padre, pero la comunicación no era muy buena y apenas pudo oírlo. Solo entendió que Nate era un buen chico, que todo formaba parte de un programa social y que se habían comprometido a ayudar a Cecelia.

Ethan cerró los ojos. No tenía intención de echarlos de allí, pero le dolía que no lo hubieran avisado. No entendía que su propio padre hubiera organizado todo aquello sin mencionarle nada.

–No voy a echarlos de la casa, papá...

Su padre respiró aliviado.

–Gracias, hijo... volveremos pronto.

Ethan colgó, apagó la luz que había encendido y se dirigió a su habitación con tristeza. Era obvio que en algún momento su familia había empezado a creer que no le podían contar las cosas, que era un cretino. Y pensó que la única persona realmente insoportable en aquel lugar era Cecelia.

Entonces, se llevó una mano a los labios, notó el pequeño corte y sonrió. No podía negar que aquella mujer era todo un caso.

A la mañana siguiente, Ethan entró en la cocina dispuesto a arreglarlo todo. Se comportaría bien, respetaría el trabajo de Cecelia e intentaría mantenerse al margen. A fin de cuentas ni siquiera tenía que hablar con el niño si no le apetecía hacerlo.

El olor del desayuno lo puso de buen humor. Pero su sonrisa desapareció al ver que sus hermanos estaban charlando muy animadamente con Cecelia.

—Tendrás que mantener ese pie en alto —estaba diciendo Billy, el menor de todos.

Billy era tan encantador que habría podido seducir a una serpiente. Y para empeorar las cosas, estaba quitándole un calcetín a la recién llegada.

Cecelia rio.

—Billy, no es necesario que...

Mark, que por edad se encontraba entre Billy y Ethan, había puesto hielo en una bolsa y estaba colocándola suavemente en el tobillo de Cecelia. Era evidente que la mujer estaba disfrutando con sus atenciones.

—Os estaba esperando en el establo —dijo Ethan, entonces.

Cecelia se puso tensa de inmediato.

—Ya podrías habernos dicho que Cecelia y Nate habían llegado por fin... —protestó Billy.

45

–¿Qué quieres decir con eso de por fin? ¿Es que vosotros lo sabíais?

Sus hermanos se miraron entre sí.

–¿Por qué no me lo dijo nadie? –insistió Ethan.

–Bueno... tienes que aceptar que a veces puedes llegar a ser muy obstinado –respondió Billy–. ¿No te parece, Mark?

–Desde luego. Y tienes malas pulgas.

Ethan lo comprendió de inmediato. Su familia pensaba que era un ogro y un cretino capaz de echar del rancho a una mujer y a un niño. Pero no podía negar que tenía mal genio y que era muy obstinado.

–¿Dónde está el chico? –preguntó Billy.

Cecelia miró al hermano menor. No parecía tener más de veintiún años. Los tres hermanos se parecían mucho. El pelo de Billy era más oscuro que el de Ethan, y sus ojos, algo más claros. Mark era rubio y de ojos azules. Pero a pesar del evidente atractivo de Mark y Billy, el hermano mayor dominaba toda la escena. Era extremadamente atractivo, carismático y masculino.

–¿Todavía te duele el tobillo? –preguntó entonces Ethan.

–Algo menos. Tus hermanos exageran un poco.

Ethan se apoyó en la encimera de la cocina para desayunar.

—No podemos permitirnos el lujo de que te lesiones —bromeó Billy—. Os vamos a poner a trabajar a ti y a Nate y no nos gusta esclavizar a la gente.

Cecelia rio.

—Si pretendíais esclavizarnos, me temo que vais a descubrir que no somos muy buenos esclavos.

—¿Qué tal está Nate? —preguntó Ethan.

—¿Por qué no me lo preguntas tú mismo?

Todos las miradas se dirigieron al pequeño, que acababa de entrar en la cocina. Llevaba un pantalón corto y una camiseta que le quedaba muy grande. Era tan encantador que Cecelia sintió deseos de sentarlo en su regazo.

—¿Quiénes sois? —preguntó entonces el niño, mirando a Billy y a Mark.

Los hermanos empezaron a hablar animadamente, menos Ethan, que permaneció en silencio. Cecelia lo notó y lo sintió mucho, pero estaba muy contenta con la actitud de Nate. Era evidente que el niño se divertía. Aunque no sonreía nunca, sus ojos brillaban.

—¿Y sois vaqueros de verdad?

Billy rio.

–Por supuesto. ¿Es que no lo parecemos?

–Tú pareces una estrella de cine –respondió el niño–. Es como si hubieras salido de una película del oeste.

Mark y Lis comenzaron a reír a carcajadas.

–Vaya, chico, eso duele –dijo Billy–. Está visto que tendré que demostrarte mis habilidades. Ve a vestirte y simularemos que somos vaqueros.

Nate protestó, pero corrió de todas formas a su dormitorio para cambiarse de ropa.

–Es un chico encantador –declaró el hermano menor–. Oye, Mark, ¿aún tenemos la silla de montar para niños?

–Sí.

Los dos hombres le dieron las gracias a Lis por el desayuno, se despidieron de Cecelia tocando las alas de sus sombreros y se marcharon.

Entonces, Lis dijo:

–Bienvenida el rancho Morning Glory.

Capítulo Cuatro

CECELIA no había previsto formar parte de la vida de un rancho. Había pensado que seguramente lo recorrería de vez en cuando en un todoterreno y que el resto del tiempo contemplaría el paisaje desde el porche y tal vez aprendería a cocinar algún plato típico de la zona.

Pero enseguida se encontró integrada en la rutina diaria del rancho, disfrutando del desayuno, de las risas y del café. De hecho pasaron un buen rato todos juntos en un cercado, contemplando el nuevo caballo de Mark. Billy estaba subido en la valla y de vez en cuando comentaba algo. Mientras tanto, Cecelia y Nate comenzaban a sentirse, también, vaqueros.

Unos minutos más tarde, Billy los llevó al establo. Los animales lo saludaron con suaves relinchos y enseguida aparecieron tres gatitos que quisieron subirse a Nate.

–Quítatelos de encima –dijo Billy.

Nate consiguió quitarse a dos, pero el tercero siguió subiendo hasta su cintura. Entonces, el niño se aseguró de que los mayores no lo estaban mirando y se guardó el tercer gatito en uno de los bolsillos de su cazadora.

En aquel momento apareció Ethan.

–Billy, ¿puedes echarme una mano?

Billy se volvió hacia sus invitados y sonrió.

–Vuelvo enseguida. Después sacaremos a Peaches, una yegua. Su establo está a la izquierda. Acercaos y hablad suavemente para que se acostumbre a vosotros. Es muy tranquila, pero, de todas formas, no os preocupéis. No tardaré mucho.

Cuando se marchó, Nate dijo:

–¿Podemos comer algo?

–Pero si acabamos de desayunar... Venga, vamos a visitar a Peaches.

Avanzaron por el establo, leyendo los nombres de los animales, que estaban apuntados en las puertas.

–Amigo, Bojangles, Casey, Renegade...

Cecelia se detuvo ante el establo de Renegade y se asomó. La puerta estaba medio destrozada, como si la hubiera golpeado repetidamente con los cascos.

–Me alegro de no tener que conocer hoy a Renegade –bromeó Cecelia.

La mujer y el niño siguieron andando. Al pensar en el nombre de la yegua que había mencionado Billy, Cecelia imaginó que sería un animal pequeño, agradable, de grandes ojos marrones y fácil de llevar para personas de la ciudad como ellos. Pero no encontró exactamente lo que estaba esperando. Peaches era enorme.

–De eso nada, no pienso montarme en ella... –dijo Nate.

Cecelia estaba tan asustada como él, pero no tenía más remedio que disimular, así que murmuró unas palabras cariñosas al animal, que los miró.

–¿Lo ves? Es muy tranquila. Buena yegua...

Cecelia abrió la puerta del establo, pero antes de que pudiera apartarse, la yegua se echó hacia atrás y la golpeó, derribándola. Cuando abrió los ojos, se encontró bajo el animal. Definitivamente, se había equivocado. No era una yegua, sino un macho.

El animal se puso nervioso y Cecelia pensó que había llegado su hora, que la golpearía y la mataría. Pero justo entonces, alguien la agarró por las piernas y la sacó de allí. Era Ethan.

–Pareces empeñada en demostrar que tu presencia en el rancho no es una buena idea –dijo el vaquero.

Mark y Billy se acercaron y se encargaron del caballo mientras Cecelia se ponía en pie.

–Tu hermano me dijo que no tenía de qué preocuparme, que Peaches es muy tranquila...

–¡Ese no es Peaches! Peaches está afuera, en un cercado... Ese es Renegade –dijo Ethan.

–Oh, Dios mío, lo siento, ha sido culpa mía –intervino Mark–. Renegade rompió la puerta de su establo y lo metí en el de Peaches aprovechando que estaba afuera.

Ethan y Cecelia se miraron. Ninguno podía negar que se sentían muy atraídos el uno por el otro.

–En fin, ¿te encuentras bien? –preguntó Ethan.

El vaquero extendió una mano para tocarla, pero Cecelia lo miró con tanta frialdad que no lo hizo.

–Sí, estoy bien. ¿Y tú, Nate?

–Perfectamente, aunque me he llevado un buen susto –respondió el niño.

–Y yo...

Nate sonrió y Cecelia se estremeció. Por fin, había conseguido que Nate sonriera. Quiso abrazarlo, pero sabía que no era una buena idea.

–Siento lo sucedido –se disculpó Billy.

–No te preocupes, no ha pasado nada –dijo Cecelia–. Pero bueno, ¿qué os parece si nos presentáis a la verdadera Peaches?

Los tres hermanos se miraron entre sí.

–No hay duda de que tienes valor. Pocas personas querrían intentarlo de nuevo después de lo que te ha pasado –declaró Billy, mientras admiraba el trasero de la joven–. Y además de valor, tienes un precioso...

Ethan lo interrumpió.

–Vamos, tenemos mucho que hacer.

Billy llevó a Cecelia y a Nate al cercado donde se encontraba Peaches, y el vaquero les contó todo lo que debían saber al respecto: cómo ensillarlo y montarlo con seguridad. Antes de que Nate pudiera protestar, Billy lo tomó en brazos y lo sentó en la silla del animal. Peaches levantó la cabeza y dio un paso adelante.

Billy no se apartó en ningún momento del pequeño y de la yegua. Caminaba a su lado y de vez en cuando tocaba el cuello de Peaches o ponía una mano sobre una de las piernas del niño. Cecelia esperaba que Nate protestara en algún momento, pero contrariamente a lo que había imaginado, no lo hizo.

Nate ni siquiera se atrevía a respirar. Todo aquello le parecía irreal. Estaba sentado en una enorme yegua y por una vez en su vida no sabía qué hacer. Tenía miedo, pero disfrutaba y reía a veces sin poder controlarse. Se preguntó qué habrían pensado sus amigos del barrio si hubieran podido verlo, pero en aquel momento no le importó demasiado.

Billy le estaba hablando, explicándole cómo manejar las riendas. El niño no estaba seguro de que pudiera hacerlo, pero hizo caso de las indicaciones y tiró de ellas. Entonces, Peaches se detuvo. Sorprendido por el resultado, aprendió a sentarse bien en la silla para facilitar los movimientos del animal y hasta grabó en su memoria los sonidos que hacía el vaquero. No sabía lo que significaban, pero parecían funcionar.

Dio varias vueltas al cercado solo, sin ayuda de Billy. Y al cabo de un rato, se detuvo junto a Cecelia y el vaquero.

–Chico, eres un jinete nato –declaró Billy.

Entonces, el menor de los hermanos miró a Cecelia y preguntó:

–¿Estás preparada para intentarlo?

–No creo que...

–Oh, vamos, tienes que probarlo –dijo Nate.

–Bueno, está bien.

Nate desmontó y la joven subió al caballo.

–¿Estás seguro de que esto es una buena idea? –preguntó la asistente social.

Billy se colocó junto a ella y le contó lo que tenía que hacer, tal y como había hecho anteriormente con el chico.

Por desgracia, en aquel instante se oyó un pequeño tumulto en otro cercado. Ethan estaba dando de comer a los otros animales, y como Peaches adoraba la comida, comenzó a trotar hacia el mayor de los hermanos. Cecelia soltó las riendas sin querer y se aferró al cuello del animal, sin tener la menor idea de cómo detenerlo. No se le ocurrió otra cosa que pincharle en el cuello, y funcionó: Peaches se detuvo en seco, pero volvió la cabeza hacia ella, cerró la boca sobre el cabello de la joven y tiró. Un segundo después, Cecelia estaba en el suelo.

Ethan se acercó y la miró, divertido.

–Estoy seguro de que tiene que haber algo por aquí que seas capaz de dominar –declaró con ironía.

–¿Cómo se te ocurre darles de comer ahora, Ethan? –preguntó Billy–. Sabías que estábamos aquí.

–Lo olvidé.

Ethan les dio entonces la espalda y comenzó a alejarse, pero Cecelia no estaba dispuesta a dejar las cosas así y lo siguió.

–Eres un cretino, un verdadero...

Billy carraspeó e hizo un gesto hacia el niño, para que Cecelia no siguiera hablando de aquel modo. La mujer respiró profundamente y se maldijo por perder los estribos. Ethan tenía una influencia muy extraña sobre ella. La sacaba de quicio.

El más pequeño de los hermanos se acercó a la joven para ayudarla a limpiarse los pantalones, pero Cecelia se apartó.

–Dime, ¿hay algo que podamos hacer que no guarde relación con los caballos? –preguntó.

El resto del día fue bastante mejor que la mañana. Billy les enseñó el rancho, les presentó a todos los trabajadores y los mantuvo alejados de Ethan, aunque el hermano mayor aparecía de vez en cuando y siempre sorprendía a Cecelia en alguna situación ridícula. Por ejemplo, cuando la joven entró en la cocina y una gallina que andaba por allí intentó picarla. Ethan presenció la escena y sufrió un ataque de risa. Cecelia nunca había visto una gallina y no sabía que pudieran ser tan agresivas, ni mucho menos tan rápidas.

A media tarde, la joven se dirigió a la casa para ir al servicio. Nadie le había advertido que en el rancho había serpientes, y se llevó uno de los peores sustos de toda su vida cuando descubrió una en la bañera. Lamentablemente, la única persona que se acercó al oír sus gritos fue Ethan Cook.

–Dios mío, deja de gritar. La pobre serpiente está más asustada que tú.

–No lo creo.

–Solo es una serpiente.

–¿Solo una serpiente? ¿Sabes lo que creo? Que todo lo que me está ocurriendo hoy es culpa tuya. Seguro que la pusiste en el baño para darme un susto.

Cecelia lo golpeó en el pecho y Ethan se acercó.

–Te equivocas. Además, si no recuerdo mal, anoche dijiste que harías lo posible para pasar desapercibida y no molestar...

El vaquero no terminó la frase. La visión de los labios de Cecelia le resultó tan absolutamente atractiva que olvidó lo que iba a decir. En cuanto a ella, nunca se había sentido tan alterada por la proximidad física de otra persona. Estaban tan cerca, que podía sentir su aliento en las mejillas y el calor de su cuerpo.

Sin quererlo, parpadeó varias veces. Y

pensó que estaba a punto de besarla. Pero no lo hizo.

—Cecelia, digas lo que digas, noto tu presencia —declaró él, en voz baja y amenazante—. Y no me gusta.

Entonces, Ethan tomó la serpiente y salió del cuarto de baño.

En cuanto salió de la casa, el vaquero dejó la serpiente en el suelo y la miró. Sintió una extraña simpatía por aquel animal. La pobrecilla solo estaba buscando algún lugar fresco donde descansar y había tenido la mala fortuna de encontrarse con Cecelia.

—¿De dónde has sacado esa serpiente? —preguntó Mark, que se había acercado a él.

—Estaba en la bañera. Esa mujer la encontró y se puso a gritar.

—¿Cecelia? ¿Se encuentra bien?

—Sí —respondió, sin mirarlo a los ojos.

—¿Por qué la tratas de ese modo? Es una invitada de nuestros padres, pero no se puede decir que te estés comportando muy bien con ella.

—Mark, por si lo habías olvidado, tengo un rancho que dirigir. El mes que viene tenemos mercado, algunos animales están enfermos y papá y mamá se encuentran en

Florida. Y para empeorar las cosas. Billy va a tener que hacer de niñera durante varios días y yo tendré el doble de trabajo. Esos dos son lo último que necesito ahora.

Ethan se alejó entonces de su hermano y se dirigió a los establos.

En cuanto a Cecelia, se encontraba bastante mejor cuando salió del baño. Lis le pidió a Billy que no volviera a llevársela y Cecelia se quedó en la cocina. Siempre le habían gustado las cocinas familiares, aunque nunca había tenido ocasión de estar en una tan grande. De vez en cuando, alguno de los hombres entraba en ella y charlaban un rato o comentaban algo sobre lo bien que olía la comida de la cocinera.

Cuando llegó la hora de cenar, Lis sirvió espaguetis, judías y varias porciones de chocolate a todos los presentes. Alrededor de la mesa se habían reunido más de trece personas, incluidos todos trabajadores del rancho.

Cecelia notó que Nate se llevaba muy bien con Billy. Parecía que se había convertido en su héroe e imitaba todo lo que hacía. Aquello le encantó; era perfecto para sus planes, y estaba tan contenta, que ni siquiera le inquietaron las ocasionales miradas de Ethan.

Después de la cena, Cecelia insistió en

que Nate y ella los ayudarían a fregar los platos.

—¿Por qué tengo que fregar? —protestó Nate.

—Si has comido, tienes que ayudar como todos.

Lis se acercó entonces a la pila y dijo:

—Eh, te vi hace un rato con Peaches. Montas muy bien, Nate.

—Sí, fue divertido —dijo el niño—. Pero montar no es lo más apasionante del mundo.

Cuando terminaron de limpiar los platos, Cecelia aceptó el ofrecimiento de una taza de té y salió de la casa. Hacía fresco y el cielo estaba cubierto de estrellas. Se acercó a una valla, se apoyó en ella y suspiró.

—¿Cecelia?

Era la voz de Ethan.

La mujer se apartó un poco para que se pudiera sentar junto a ella, y Ethan se acomodó mientras intentaba recordar lo que quería decirle. También se estaba tomando un té.

—Quería hablar contigo, Cecelia. Sé que no he sido muy buen anfitrión, aunque sigue sin agradarme tu presencia en el rancho. No tengo tiempo de vigilarte y evitar que te metas en problemas. Comprende que este no es lugar adecuado para personas como tú.

Cecelia frunció el ceño, pero Ethan sonrió y añadió:

—Te aseguro que no había conocido a nadie que no fuera capaz de montar a Peaches.

La sonrisa de Ethan se convirtió en risas, y las risas, en carcajadas. Cecelia no podía creer que estuviera allí, ante ella, riéndose a su costa, así que se acercó, lo agarró por el pulgar y se lo retorció tal y como se lo habían enseñado en sus clases de defensa personal.

—¿Qué diablos estás haciendo? —preguntó él—. Suéltame.

Cecelia no hizo caso y se limitó a mirarlo.

—Mira, Cecelia, ya te he dicho que lo siento...

—¡No, no lo sientes en absoluto!

Como Cecelia no parecía dispuesta a soltarlo, Ethan intentó liberarse. Pero solo consiguió que los dos cayeran al suelo y se quedó tumbado sobre ella.

—Estás loca...

—No es necesario que te comportes de un modo tan violento —protestó.

—Pero si has empezado tú...

Entonces, los dos fueron repentinamente conscientes de la situación en la que se encontraban. Ethan entreabrió las piernas de la joven y se acomodó sobre ella. Era una sensación deliciosa para ambos, y tan erótica que Cecelia se dejó llevar.

–No puedes venir aquí y actuar de ese modo –declaró él, en voz baja–. Estás volviendo locos a todos los hombres del rancho...

Cecelia lo interrumpió:

–Voy a besarte.

Ethan la miró, asombrado.

–¿Cómo? ¿Qué has dicho?

La joven pasó las manos por el cabello de Ethan, y cuando él quiso apartarse, ella se lo impidió.

–¿Podrías quedarte quieto un momento?

Un segundo después, sus labios se encontraron. Pero fue un beso suave y muy corto.

–Gracias –dijo ella.

Ethan no sabía qué pensar. Primero le retorcía un dedo, después lo besaba suavemente y finalmente le daba las gracias. Se dijo que sería mejor que se mantuviera alejado de aquella mujer, así que se levantó, la ayudó a incorporarse y comenzó a alejarse.

Sin embargo, cometió el error de mirar hacia atrás. Cecelia lo saludó con una mano, a modo de despedida, y el vaquero perdió los estribos. Se detuvo, giró sobre sus pasos, se acercó a ella y la besó de un modo tan apasionado que la joven cayó completamente en el hechizo y se dejó llevar.

Se apretó contra él, disfrutando de su cercanía, del contacto de su cuerpo, de su aroma, pero poco después Ethan se apartó de ella tan repentinamente como se había acercado. Después, la miró, abrió la boca como si quisiera decir algo y se marchó.

–Oh, Dios mío... –dijo ella, sin aliento.

Capítulo Cinco

A la mañana siguiente, todo el mundo se reunió en uno de los cercados para contemplar un caballo que había comprado Mark en Billings. La sensibilidad de Mark con los animales era tan legendaria que el rancho entero se dio cita en el lugar. Cecelia y Nate se acomodaron junto a Lis.

—¿Por qué están todos tan callados? —preguntó el niño.

El ambiente estaba cargado de electricidad y todo el mundo parecía tenso.

—Mark no debería hacerlo —dijo Lis—. Es un caballo salvaje. Nadie ha podido domarlo todavía y ya ha herido a un hombre. No debería acercarse a él.

Cecelia se estremeció. Era obvio que Lis quería mucho a Mark, y sintió envidia del cariño que se tenían todos en el rancho.

Su vida había sido muy distinta. Sus padres y su única tía habían muerto cuando ella solo tenía seis años en un accidente de tráfico. Sin familia y sola, su infancia había transcurrido en distintos establecimientos estatales, porque era demasiado mayor y nadie quería adoptarla. De vez en cuando la llevaban a alguna casa a pasar una temporada. Algunas personas la trataban mal y otras intentaban ser agradables con ella, pero nunca había conocido un verdadero hogar.

A medida que crecía, su asistente social le dijo que sus habilidades sociales no eran buenas y que su capacidad comunicativa era prácticamente inexistente; permanecía en silencio durante largos periodos y luego sufría ataques de mal genio, pero era una gran estudiante y se esforzó mucho en el colegio. Por desgracia, cuando cumplió los dieciocho años el Estado dejó de encargarse de ella y se encontró sola, sin dinero y sin padres.

Cecelia tuvo que pedir varios créditos para ir a la universidad y trabajó muy duro hasta que se alquiló su primer apartamento, pero su infancia no la había preparado para la facultad, ni para hacer amigos, ni para salir con hombres. Así que hizo lo que hacía de pequeña: observar y aprender.

Se preguntó como habría sido su vida si sus padres no hubieran muerto en aquel accidente de tráfico, pero justo entonces oyó un relincho y volvió a la realidad.

El caballo salvaje estaba saltando desesperadamente, intentando derribar a su jinete, Mark, que se aferraba a su silla con fuerza y destreza. Entonces, el animal se arrojó contra la valla y aplastó una de las piernas del joven, que salió despedido y acabó en el suelo. Billy y Ethan corrieron a ayudarlo. Billy se inclinó sobre Mark y Ethan se encargó de distraer al caballo.

Lis intentó trepar por la valla, pero Cecelia se lo impidió. Aunque fuera una chica de ciudad, sabía que la cocinera no podía ayudarlos en aquel momento.

–¿Has visto eso, Cecelia? ¡El caballo ha estado a punto de matarlo! –exclamó Nate.

En aquel instante, Ethan regresó junto a su hermano mientras un grupo de trabajadores del rancho se llevaban al animal al establo. Billy y Ethan tocaron a su hermano por todo el cuerpo, buscando huesos rotos, y y Mark gimió cuando sintió el contacto de las manos en una de sus piernas.

Entonces, Ethan le dio un golpecito en el hombro, gritó algo a los hombres que Cecelia no pudo entender, y volvió a arrodillarse junto a su hermano. La asistente social estaba asombrada. Aquel vaquero extremadamente competente era el mismo que la había besado la noche anterior.

Al pensar en ello, se ruborizó. Sabía que un beso no significaba nada, pero había sido un beso muy especial.

Ethan y Billy ayudaron a su hermano a levantarse y lo llevaron hacia la casa. Mientras pasaban a su lado, Lis hizo ademán de unirse a ellos, pero finalmente se quedó donde estaba. Cecelia la miró y sintió una gran simpatía por ella; podía reconocer a una mujer que estaba deseando que la aceptaran y que sin embargo no estaba segura de pertenecer a aquel sitio y a aquella familia.

Los tres hombres estaban a punto de entrar en la casa cuando Mark se volvió y gritó:

–Dejad el caballo en el cercado. Aún no he terminado con él.

Llevaron a Mark al salón y lo acomodaron en el sofá. Querían quitarle la bota de la pierna herida, pero Mark temía que al hacerlo empeoraran su situación y Ethan optó por cortarla con un cuchillo.

Cuando le quitaron el calcetín, vieron que su tobillo estaba rojo, de un rojo tan intenso que en algunos lugares parecía negro.

–No es tan terrible –dijo Billy para tranquilizarlo.

–Te pondrás bien en un par de días –declaró Ethan–. Menos mal que las botas te quedaban algo grandes y te han protegido bien... podría haber sido peor.

Nate observó el pie de Mark. Nunca había visto nada tan hinchado.

—Hablaba en serio sobre ese caballo, Ethan —dijo Mark—. No dejes que se lo lleven del cercado.

Ethan asintió a modo de promesa.

—Ese caballo es un diablo, Mark —observó Billy.

Mark se limitó a sonreír e intentó mover los dedos del pie.

Cecelia entró en la casa con intención de ponerse a trabajar. Tenía que llamar a su jefa, Anita Brown, así que respiró profundamente y marcó el número. Anita siempre la había apoyado con el proyecto, pero lo conocía a fondo y sabía perfectamente que su éxito era dudoso. Si decidía que no merecía la pena, no podría hacer nada.

Cuando por fin respondió, Cecelia la informó sobre la situación. Anita permaneció unos segundos en silencio y preguntó:

—¿Cómo está Nate?

—Ayer me sonrió. Montó a caballo sin quejarse una sola vez y nos ha ayudado con varias labores del rancho. En serio, Anita, es muy emocionante.

—Cecelia, quiero decirte una cosa. Llevas

cuatro años con nosotros y nunca te has tomado unas vacaciones...

–¿Quieres decir que puedo pasar mis vacaciones aquí, con Nate?

–El proyecto es tuyo y, si los Cook regresan pronto al rancho, por mí no hay ningún problema. Además, haremos como si nunca hubiéramos mantenido esta conversación. Al fin y al cabo quién soy para decirte dónde debes pasar tus vacaciones...

–Gracias, Anita. Esta es una gran oportunidad para el niño. ¿Y qué clase de asistente social sería si no hago todo lo que esté en mi mano para ayudarlo?

Cecelia le prometió que la mantendría informada sobre la evolución de Nate y poco después colgó el teléfono. Ethan se había aproximado y estaba apoyado en una pared. Se echó hacia atrás el sombrero y dijo:

–Te preocupas mucho por ese chico.

–Es mi trabajo. Es lo que hago.

–¿No tienes familia? –preguntó él de repente.

Ethan estaba tan asombrado como ella por su comportamiento. La noche anterior la había besado y ni siquiera sabía si estaba casada o soltera.

–No, no tengo familia. Pero tengo un trabajo que me encanta y un montón de chicos que me necesitan –declaró con arrogancia.

–No te enfades, solo era una pregunta.

–Ethan, estoy intentando mantenerme lejos de tu camino. Y tal vez sería mejor que tú hicieras lo mismo conmigo.

–Tranquilízate. Solo he venido para disculparme por lo de anoche.

–¿Por tirarme al suelo? –preguntó, incómoda.

–No, por el beso. Fue un error. La vida aquí no se parece mucho a la de Los Ángeles, y temo que solo quisieras divertirte un poco conmigo...

–¿Divertirme? –preguntó, indignada–. ¿Estás insinuando que...?

–No insinúo nada. Pero tú me besaste primero.

–Fue un beso muy pequeño. Fuiste tú quién me dio toda una lección...

–Ya, bueno, pero nunca he conocido a ninguna mujer que deseara más ese beso. Hasta me diste las gracias...

–Eso no tiene nada que ver.

Ethan avanzó hacia ella y Cecelia lo miró sin saber cómo debía comportarse. Hasta consideró la posibilidad de darle una bofetada.

–Tienes razón, no tiene nada que ver. Pero quería disculparme de todas formas. Y ahora, mantengámonos alejados el uno del otro.

—¡De acuerdo! —gritó ella, enfadada.

—¡Genial! —exclamó él.

Cecelia pasó a su lado y se alejó. En cuanto a él, la miró y se alejó hacia el establo.

Mark estaba sentado en el sofá del salón y escuchó toda la conversación. Su legendario tacto con los animales se basaba sencillamente en lo que había aprendido observándolos, y las personas no eran muy distintas. Tenían rituales similares, como el que acababa de contemplar. Era tan evidente que Cecelia y Ethan se gustaban, que no pudo evitar una carcajada.

En aquel momento, llegó Billy.

—¿Se puede saber qué es tan gracioso?

Mark le contó lo que acababa de escuchar y Billy lo miró boquiabierto.

—¿Ethan y Cecelia?

—Bueno, no es tan extraño. Ella es atractiva y está soltera...

—Cierto, y nuestro hermano se ha comportado como un idiota desde que llegó al rancho.

—Puede que tenga miedo de ella.

–No ha salido con ninguna mujer durante cuatro años –observó Billy–. Trabaja noche y día. ¿Cuándo fue la última vez que fue al pueblo a divertirse un poco?

–Hace meses.

–Tal vez quiera mantener una relación con ella...

–Pero se va dentro de un par de días –dijo Mark–. No creo que pudieran tener ningún tipo de relación.

–Te equivocas. Pueden divertirse. Pueden mantener una relación sin ataduras, sin toda esa culpabilidad que Ethan lleva consigo.

Mark asintió. Ethan se tomaba la vida demasiado en serio y cabía la posibilidad de una aventura amorosa sirviera para animarlo y tranquilizarlo un poco.

–¿Qué estás proponiendo, Billy?

–Nada, una simple diversión.

–Comprendo. Una aventura entre dos adultos libres y conscientes de lo que hacen.

–En efecto. Unas vacaciones de la vida real para Cecelia.

–Y unas vacaciones del pasado para Ethan –comentó Mark.

–Creo que...

Billy se detuvo, pensando en las implicaciones de lo que estaba a punto de decir. La última vez que se había metido en la vida de su hermano mayor, Ethan le había roto la nariz.

–Se enfadará mucho –dijo Mark, que sabía lo que estaba pensando–. Pero debo admitir que es una idea irresistible.

–Bueno, mamá siempre dice que es una característica de esta familia –rio Billy.

–Es cierto. Somos una familia de casamenteros.

Los dos hermanos se miraron y se estrecharon la mano. Estaban decididos a poner en marcha el plan de inmediato.

Pocos minutos después, sonó el teléfono. Mark se apresuró a contestarlo, casi antes de que sonara.

–¿Mamá?

–Hola, cariño.

–Ssss... no hables tan alto.

–¿Por qué estás susurrando, hijo?

Mark le contó todo lo que había sucedido entre Ethan y Cecelia, con cuidado de que nadie pudiera escuchar la conversación, y acto seguido le habló del plan.

–Creo que es una buena idea, porque es evidente que se gustan –concluyó.

–Me parece perfecto, Mark, y contáis con

todo mi apoyo. Pero cambiando de tema, ¿qué tal está Nate?

Mark era muy observador y había notado que el chico había progresado, así que habló a su madre de su alegría, de lo mucho que le gustaban los caballos y de su inclinación a ayudarlos en las labores del rancho.

–Maravilloso –dijo su madre–. Tenéis que lograr que Ethan pase más tiempo con él.

Por primera vez, Mark tuvo dudas. La relación de Ethan con el niño no era muy buena. De hecho, hacía lo posible por evitar a Nate.

–Puede que no sea una buena idea, mamá.

–Confía en mí. Y ahora, escucha. Esto es lo que vamos a hacer...

La cena fue tan agradable como siempre, a pesar de la frialdad que había entre Cecelia y Ethan.

En determinado momento, Jesse, uno de los trabajadores más jóvenes del rancho, se dirigió a Cecelia. Ella aún no se había acostumbrado a la proximidad de tantos hombres, pero le parecía divertido.

–Te vi esta tarde con Peaches y lo hiciste muy bien. Seguro que ya te ha perdonado por aferrarte a su cuello de ese modo.

Todos los presentes rieron.

–Esa yegua es peligrosa –dijo Cecelia–. Ha conseguido que todos creáis que es muy tranquila, pero no es cierto.

–Bueno, cuando se acerca a la comida es tan peligrosa como Renegade –rio Billy.

–Peor aún. ¡Es tan peligrosa como Trixie! –exclamó Jesse, refiriéndose a uno de los perros.

–¿Te refieres al perro, o a la prostituta? –preguntó Max, el casanova del rancho.

–¡Cuidado con lo que decís! –protestó Lis.

Billy aprovechó la ocasión para cambiar de tema.

–Volviendo a los caballos... ¿Os habéis fijado en Nate y Bojangles?

–Desde luego. El chico monta muy bien –respondió Joe, el más viejo.

Cecelia pensó que todo aquello era maravilloso. Billy se había convertido en el compañero perfecto para Nate, y le había prometido que al día siguiente saldrían juntos a cabalgar.

Cuando terminaron de cenar, limpiaron los platos entre todos y el niño salió de la casa para jugar un rato. Cecelia aprovechó la ocasión para retirarse a su habitación y evitar de ese modo a Ethan.

El mayor de los hermanos tenía las mismas intenciones que la asistente social, así que se dirigió a los establos para perderla de vista. Al llegar, pensó que era una suerte que hubieran conseguido controlar el virus que había infectado a los animales. Por su culpa habían perdido a dos caballos y a una de las cabras de su madre, y otro caballo, Freddie, seguía enfermo.

Mientras cuidaba del animal, hizo un esfuerzo por olvidar a Cecelia. Pero no podía. Sus manos añoraban el contacto de su piel y de su cabello. Y su cuerpo deseaba saciarse en ella.

Se dijo que había cometido un error por no haber acompañado a los hombres del rancho el mes anterior, cuando se fueron a la ciudad. Hacía meses que no salía del Morning Glory y no había estado con una mujer en mucho tiempo. Años antes había mantenido una relación con una joven de la zona, pero no había querido comprometerse y se había alejado de ella. Desde entonces, se había concentrado en el trabajo y había hecho todo lo posible por mantenerse alejado de las mujeres y de los problemas. Hasta que apareció Cecelia. No se había sentido así desde cierta noche que pasó con Trixie a los dieciocho años.

A su cuerpo no parecía importarle nada que Cecelia no le conviniera. Era una mujer de ciudad, que no había visto un caballo en toda su vida y que estaba acostumbrada a una vida muy diferente.

Sin embargo, debía admitir que tenía mucho carácter. La había visto aquella tarde montando a Peaches y se había fijado en cómo manejaba a todos los trabajadores del rancho. Hasta Toby, que era capaz de decir cosas realmente duras, parecía respetarla.

Pero lo que más le gustaba de ella era otra cosa. Adoraba verla por las mañanas, cuando entraba en la cocina y sonreía a todo el mundo. Y luego salía de la casa, se cruzaba de brazos, miraba a su alrededor y sonreía. Sonreía como si realmente le gustara aquel lugar, y Ethan no podía creerlo. A las mujeres de las ciudades no les gustaban los ranchos. Era una norma general.

En cuanto a la relación que mantenían, era muy confusa. Se había disculpado ante ella dos veces y sin embargo había estado a punto de estrangularlo. Pensó que, definitivamente, no le convenía. Así que intentó concentrarse en el caballo enfermo, olvidar el deseo que sentía y pensar solamente en el rancho.

Capítulo Seis

Mark y Billy se reunieron antes de desayunar para hablar sobre el plan que habían trazado con la complicidad de su madre.

–No creo que encerrarlos accidentalmente en la casa funcione, Billy –dijo Mark–. Ten en cuenta que tenemos que comer...

–Es cierto. Pero podríamos conseguir que Cecelia se perdiera en la montaña y que Ethan tuviera que ir a salvarla.

–Ethan lleva dos días salvándola de todo tipo de situaciones. Y en lugar de parecerles romántico, se enfadan.

–¿Y qué hacemos? ¿Conseguir que los rapten unos extraterrestres?

–No sé, pero algo hay que hacer.

–¿Qué tal si ponemos celoso a Ethan? –preguntó Mark–. Ya sabes cómo es.

Billy miró a su hermano y se preguntó cómo era posible que aquella idea no se le hubiera ocurrido antes a él.

–Eres un genio, Mark.

Billy se apresuró a reunirse con su hermano mayor, antes del desayuno, para poner en marcha el plan. Como sospechaba, Ethan estaba en el establo, cuidando de su caballo.

–Hola, Ethan. Freddie tiene buen aspecto... ¿Crees que se pondrá bien?

–Sí –respondió, mientras acariciaba al animal–. Te has levantado muy pronto...

Los dos hombres salieron del establo y cerraron la puerta. Billy intentó comportarse con tanto nerviosismo como pudo, e incluso tropezó a propósito para llamar la atención.

–¿Qué sucede, Billy?

Por un momento, Billy se arrepintió de engañar a su hermano de aquel modo; pero se llevó una mano a la nariz y enseguida recordó el día en que se la rompió. No podía encontrar mejor forma de animarse.

–Tengo un pequeño problema. Se trata de Cecelia.

–¿Qué ha hecho esa mujer ahora? –dijo, enfadado.

–Nada, Ethan, no ha hecho nada. Es únicamente que... no puedo dejar de pensar en ella.

–¿Cómo?

Ethan lo miró con tal asombro, que Billy estuvo a punto de empezar a reír.

—Es tan inteligente y atractiva, y se comporta tan bien con Nate... Bueno, yo...

—Basta, Billy —dijo Ethan, enfadado—. ¿Ha ocurrido algo entre vosotros?

La idea de que Cecelia pudiera tener una aventura con su hermano pequeño le disgustaba terriblemente. Intentó convencerse de que no estaba celoso, sino tan solo irritado por la posibilidad de que aquella mujer sedujera a Billy.

—No, no ha pasado nada. Pero, ¿crees que le gustaría estar con un hombre más joven que ella?

—¿De qué estás hablando? Solo va a quedarse unos cuantos días. Es una mujer de ciudad.

—En unos días pueden suceder muchas cosas.

—Pero no tenéis nada en común —afirmó, sin hacer demasiado caso a lo que Billy estaba diciendo—. Ella es una asistente social acostumbrada a trabajar con bandas juveniles y traficantes de droga. Nosotros somos vaqueros. Además, se pasa la vida rodeada de niños y tú odias a los niños.

—A mí me encantan los niños, Ethan. ¿De quién estamos hablando aquí?

—De la asistente social y de ti. No lo hagas. Sea lo que sea lo que estés pensando, no lo hagas.

Ethan se alejó entonces y Billy entró en el establo para poder reír a gusto sin que nadie lo oyera.

La conversación con su hermano pequeño puso a Ethan de muy mal humor. Ni el desayuno ni la visión de Cecelia consiguieron animarlo. Deseaba enfrentarse a ella por tentarlo, por volver locos a todos los hombres del rancho y por ser tan bella, que su contemplación casi resultaba dolorosa.

La miró, mientras se sentaba a la mesa. Su largo y oscuro cabello tenía brillos casi azules. Su sonrisa y sus ojos eran tan alegres como vitales.

Cada vez que se dirigía a Billy, Ethan sentía una punzada en el corazón. Hasta pensó que estaba haciendo un gran trabajo seduciendo a su hermano pequeño, mejor que el que podría haber hecho la propia Trixie.

Nate entró en aquel instante en la cocina. Iba tan deprisa que resbaló y Ethan extendió una mano, instintivamente, para impedir que cayera. Pero el chico se apartó de él y se sentó sin decir nada.

—¿Te ocurre algo, chico? —preguntó Mark.

—Es posible que Billy y yo salgamos a cabalgar –respondió, encogiéndose de hombros.

–Bueno, tenemos que hablar de eso –dijo Billy.

Al hermano menor de los Cook no le agradaba la idea de hacerle algo así al niño, pero era importante para el plan.

–Mark está herido y no tendré más remedio que sustituirlo en el trabajo –continuó.

–Oh, vamos, Billy, seguro que tienes un rato para salir a cabalgar con él –intervino Ethan, sorprendiendo a los presentes.

Billy aprovechó la ocasión para decir lo que pretendía.

–Ahora que lo pienso, podrías ir tú con él, Ethan.

Todos quedaron en silencio y miraron a Ethan y al niño.

–No quiero ir a cabalgar –dijo el niño.

Mark y Billy se miraron, decepcionados. Cabía la posibilidad de que su plan no saliera como habían imaginado. Pero entonces intervino Cecelia.

–Nate...

La asistente social sabía que el chico estaba acostumbrado a las decepciones, pero durante los últimos días había aprendido a reír y no quería que perdieran todo el terreno que habían conquistado.

–Ve a cabalgar con él –dijo Billy–. Ethan es muy bueno.

Nate tiró a la basura casi toda la comida que tenía y en el plato y dijo antes de marcharse:

–No me apetece, Billy. No quiero ir a ninguna parte.

Los adultos lo miraron cuando salió de la cocina, pero nadie se atrevió a decir nada.

Nate pasó casi toda la mañana en su dormitorio, hasta que Mark fue a buscarlo.

–¿No hueles eso? Lis está preparando galletas de chocolate. Seguro que son para la semana que viene y las tendrá tan vigiladas que no podré robarle ninguna. Pero tú eres pequeño y rápido y tal vez pudieras robar unas cuantas sin que se dé cuenta...

Nate aceptó el reto que le había propuesto y pasó un buen rato con Mark, ayudándolo en todo tipo de cosas. Incluso fueron a buscar unas flores para decorar la mesa de la cocina.

Al cabo de cierto tiempo, Mark llegó a la conclusión de que había llegado el momento de enviar a Nate a la verdadera misión.

–Oye, Nate, ¿podrías preguntar a Ethan por el caballo?

–¿Por el caballo?

–Sí, estoy preocupado por ese animal.

En realidad, Mark no había mentido; así que no se sintió culpable. Nate asintió y fue a buscar a Ethan, que estaba en el establo con Freddie. Cuando vio al hombre, le pareció tan grande y tan fuerte, que estuvo a punto de arrepentirse y de marcharse de allí sin preguntar nada. Su madre había salido con hombres tan grandes como Ethan y sabía que algunos podían resultar francamente peligrosos.

Se quedó observando al vaquero durante unos segundos. Y entonces, Ethan empezó a hablar con el caballo.

–Eh, compañero –dijo mientras lo acariciaba–. Te vas a poner bien, ¿verdad? Claro que sí. Tú y yo nos pondremos bien.

–¿Ethan?

Ethan se volvió al escuchar la voz del niño.

–Eres tú... Ven aquí, conmigo.

–¿Se encuentra bien? –preguntó el pequeño.

Nate se acercó, pero permaneció tan cerca de la puerta del establo como pudo. Estaba acostumbrado a Peaches, pero Freddie era tan grande como Renegade y aún no había olvidado el incidente que había sufrido Cecelia.

–Sí, creo que mañana estará bien –respondió.

–¿Es tuyo?

–Desde que era un potro. Asistí a su nacimiento.

–¡Vaya!

Ethan rio y comenzó a limpiar al animal.

–Mark quería saber cómo está.

–Pues dile al loco de mi hermano que se pondrá bien y que lo está esperando.

Nate asintió con solemnidad, contempló a Ethan durante unos segundos más y se marchó.

A la mañana siguiente, Ethan llegó a la cocina más tarde de lo normal. Abrió la puerta, entró y miró a su alrededor como si fuera el propio Julio César a punto de dirigirse al Senado de Roma.

–Nate, ¿has terminado de desayunar? –preguntó.

Cecelia contuvo la respiración, dispuesta a intervenir si era preciso, pero para sorpresa de todos el niño respondió:

–Sí.

–Entonces, ve a vestirte. Hace fresco y tengo que ir a comprobar el territorio.

Nate se levantó, tiró los restos de la comida y se marchó a cambiarse de ropa.

Cecelia hizo un gesto a Ethan para que la siguiera a algún lugar más tranquilo. Salieron al porche y pudieron observar la maravillosa vista que tanto gustaba a la joven. Las montañas se alzaban al fondo contra un cielo tan inmenso y azul que emocionaba.

–Quería hablar contigo, Ethan.

–Adelante.

–¿Crees que estoy loca?

–Sin duda. Pero no creo que lo estés por permitir que el chico salga conmigo. Quiere hacerlo.

–Pero si te tiene miedo...

–Tienes razón, y me gustaría cambiar eso. No es necesario que seamos amigos, pero tampoco quiero tener en mi establo como enemigo a un niño de once años con antecedentes penales.

–¿Crees que sería capaz de...?

–Oh, vamos, era una broma. Voy a llevarlo a cabalgar un rato, nada más. Volveremos dentro de una hora.

Ethan se puso el sombrero e intentó alejarse, pero ella lo detuvo.

–No creo que seas un hombre amable, Ethan Cook, pero quiero pedirte algo. Te ruego, por lo que más quieras, que no le hagas más daño a Nate del que ya le han hecho.

Ethan la miró. Parecía que el sol la iluminaba de un modo especial y enseguida se despertaron en él todo tipo de fantasías y sueños. Pero aquel comentario le dolió profundamente, aunque no supo por qué. Los pensamientos de aquella mujer no eran asunto suyo.

Cecelia siguió mirándolo con intensidad. Entonces, Ethan asintió y se marchó.

Veinticinco minutos después, Ethan empezaba a pensar que su idea no había sido precisamente buena.

–¿Qué es eso? –preguntó Nate, por enésima vez.

–Un árbol –respondió sin mirar.

–Sí, ¿pero qué clase de árbol? –insistió el niño.

Nate tenía una enorme curiosidad por todo. El parque que había junto a su casa no tenía muchos árboles, pero aquel bosque estaba lleno y era un sitio totalmente nuevo para él.

–Un árbol de navidad –gruñó Ethan.

El entusiasmo de Nate desapareció enseguida.

–Eh, no era necesario que me llevaras a ninguna parte –protestó el niño.

–Pero si querías salir a cabalgar...

Nate detuvo a su montura y dijo:

–Sí, pero ya no quiero. No sé por qué te portas así conmigo. No te he hecho nada malo.

Ethan lo miró, arrepentido.

–Chico...

–Me llamo Nate Hernández. No chico. Nate.

–De acuerdo, Nate. Pero tienes que entender esto: estamos comprobando el territorio, y en este tipo de salidas es importante que se guarde silencio. No se hacen preguntas cuando se cabalga por el bosque.

–Sé que no te gusto –dijo el niño–. Entonces, ¿por qué me has invitado a acompañarte?

Ethan no tenía intención de ser duro con él. Pensó en mentir, pero no quería mentirle, así que dijo la verdad.

–No lo sé.

Entonces, el vaquero siguió cabalgando. Nate lo miró, se encogió de hombros, y decidió seguirlo. Al cabo de unos minutos, salieron del bosque y se encontraron en lo alto de la montaña. Bajo ellos se extendía el valle y el rancho Morning Glory.

—¿Toda esa tierra es tuya?

—Parte es de Billy y de Mark, y la mayoría, de mi padre. Pero aquella zona de allá es mía... ¿la ves?

Nate miró con curiosidad.

—Por cierto, ¿hace cuánto tiempo que conoces a Cecelia? —preguntó el vaquero.

—¿Te importa mucho?

Ethan desmontó, ató el caballo a un árbol cercano y sacó una pequeña bolsa con comida de sus alforjas. Después, caminó hacia un gran tronco y se sentó, dejando sitio al niño.

Nate lo siguió y se acomodó a su lado.

—Bueno, está viviendo en mi casa y trabaja con mi hermana. Es lógico que sienta curiosidad.

—Cecelia es genial —dijo el niño.

—¿Por eso te comportas tan mal con ella? —preguntó, mirando hacia el valle.

—¿Por eso te comportas tú tan mal con ella? —espetó el niño.

Ethan sonrió por el atrevimiento del pequeño.

—Yo solo soy un idiota, ¿recuerdas? Eso lo explica todo. Pero dime, ¿cómo acabaste con ella?

Nate se encogió de hombros.

—Mi hermano se metió en problemas y luego me metió en problemas a mí. Mi madre quería que me marchara de Los Ángeles.

Nate lo miró y añadió:

–¿No os aburrís nunca aquí? El rancho está bien, pero nunca veis a nadie...

Ethan consideró la pregunta del pequeño. Cada mañana se levantaba y trabajaba todo el día; volvía a casa tan cansado que apenas tenía energía para comer y para leer un poco antes de dormir. Y si alguna vez se encontraba particularmente inquieto, bajaba al pueblo con sus amigos para beber un poco y mirar a las mujeres.

–Tengo tanto trabajo que no puedo aburrirme –respondió–. ¿Y tú? ¿Te aburres?

Nate bostezó y se quedó muy pensativo. Ethan lo miró de soslayo y pensó que era un niño muy serio. Sintió curiosidad por saber lo que estaba pensando, pero prefirió no meterse en sus asuntos.

–Sí, la ciudad también puede ser aburrida.

Permanecieron en silencio un buen rato, contemplando el paisaje. Por fin, Ethan se levantó y dijo:

–Será mejor que volvamos.

El vaquero se limpió el polvo de los pantalones y tuvo que controlarse para no reír al ver que el niño lo imitaba.

–Eh –dijo entonces el pequeño–. ¿Podría montar a Freddie en el camino de vuelta?

Ethan lo miró y rio.

Cecelia estaba esperándolos en el establo. Cuando Ethan entró, la miró con frialdad y colgó las sillas de montar en el lugar de costumbre.

–¿Qué ha sucedido? –preguntó ella, sin más dilación.

La joven había pasado un mal rato imaginando todas las cosas que podían salir mal durante el corto viaje del vaquero y el niño. No sabía mucho sobre Ethan. Solo sabía que lo había dejado a cargo de un chico muy vulnerable.

–Fuimos a cabalgar por el bosque –respondió él.

La alegría de Ethan desapareció. Era obvio que aquella mujer desconfiaba de él.

–¿Qué crees que ha podido pasar? –preguntó el vaquero.

–No quiero discutir contigo –le advirtió.

–No tenemos nada de lo que discutir.

Ethan admiró su cuerpo, a sabiendas de que la joven se sentiría incómoda.

–¿Cuándo regresan tus padres? –preguntó Cecelia, apretando los dientes.

–Dentro de dos días. Ahora están atrapados en Atlanta.

–¿Has hablado con ellos?

A Cecelia no le agradó que no le hubieran dicho nada. A fin de cuentas era la responsable del proyecto y se suponía que debía de estar informada sobre todos los detalles.

–No, yo no. Fue Billy.

–¿Y por qué no me han dicho nada? –protestó.

–Tranquilízate, no es tan importante. En cuanto a lo que me preguntabas antes, no he gritado al chico ni le he pegado, si es lo que querías saber. Cabalgamos, comimos, contemplamos el paisaje y regresamos al rancho, nada más. Tu precioso proyecto y el niño están bien.

Ethan se volvió, dispuesto a marcharse, pero Cecelia ya estaba harta de que la dejara siempre plantada. Se comportaba con tanta arrogancia como si se creyera Marlon Brando, y dado que en aquel momento no había nadie cerca, pensó que podía decirle un par de cosas.

–Maldito engreído e hiperatractivo...

–¿Hiperatractivo? –la interrumpió, con una sonrisa.

Cecelia no hizo ningún caso y siguió hablando.

–¿Disfrutas tratando mal a las mujeres y a los niños?

Ethan se aproximó a ella, puso las manos a ambos lados de su cara y los dos supieron lo que iba a suceder. Un segundo después, el vaquero se dejó llevar por el deseo y la besó. La atracción, el enfado y la confusión se combinaron en un cóctel explosivo que los dominó por completo. Ella retrocedió y él la apretó contra la pared, sin dejar de besarla.

Estaba muy excitado. En realidad lo estaba desde que había entrado en el establo. Necesitaba acariciar sus piernas, cerrarlas alrededor de su cintura, sentir aquel cuerpo que lo estaba volviendo loco.

Cecelia se apartó de él, asombrada por la intensidad de su deseo. Ethan intentó recobrar la calma y respiró profundamente, pero la miró y supo que no podría. Ella estaba tan excitada como él. Pero por su expresión, también era evidente que estaba confundida.

–Escucha, Ethan, no puedo...

Cecelia quiso decir que no podía pensar con claridad, que ni siquiera sabía por qué se peleaban tanto, que no podía desearlo y odiarlo al mismo tiempo, que no sabía cómo afrontar aquella mezcla de enfado y de pasión. Por fin, dijo:

–No puedo hacer esto.

Ethan la miró con intensidad.

–Yo tampoco –afirmó él, y salió del establo.

Capítulo Siete

LA noche antes de que los Cook volvieran al rancho, Billy llamó por teléfono a su padre al lugar donde realmente se estaban alojando: El hotel Weary Rancher de Billings.

—Necesitamos unos días más —le dijo.

—¡No puedo perder más tiempo! —protestó su padre—. ¡Tengo que dirigir el rancho!

—Papá, aquí todo está bien y lo sabes.

—¿Pero por qué necesitáis más tiempo? A fin de cuentas, no es como si fuéramos a estropear nada...

—Para empezar, mamá y tú sois famosos por estropear cosas, algo que podría asegurar cualquiera de mis ex novias. Y para continuar, Cecelia se marchará en cuanto regreséis.

—¿Y qué? No puede quedarse indefinidamente ahí —dijo su padre, cambiando de estrategia.

—Se ha tomado unos días más de vacaciones. Nunca había visto a nadie que necesitara tanto unas vacaciones. Es casi una mujer nueva, más relajada, más dispuesta a sonreír. Aún se lleva fatal con Ethan, pero su relación con el chico es excelente.

–Está bien... Os daremos dos noches más. ¡Pero haz lo que sea necesario para juntar a esos dos de una vez!

Acto seguido, su padre le pasó a su madre para que pudiera hablar con ella un rato. Y Billy aprovechó la ocasión para llamar a Cecelia. Sabía que quería hablar con ella personalmente.

–Es mi madre –le dijo–. Quiere hablar contigo.

–¿Qué tal estás? –preguntó Cecelia.

La madre de Billy mintió y le contó la primera excusa que se le pasó por la cabeza para justificar su retraso.

–¿Una huelga de pilotos de avión? ¿Y no podréis volver hasta dentro de dos días...? Comprendo. Sí, sí, no te preocupes, estaremos bien...

Cuando colgó el teléfono, Cecelia se volvió hacia Billy y dijo:

–Una huelga de pilotos.

Billy asintió y ella lo miró, pensativo. El vaquero casi podía leer sus pensamientos, y por un momento pensó que se había dado cuenta de que todo era un montaje. Pero no fue así.

–Está bien, no hay problema –dijo ella.

Acto seguido, se dio la vuelta y se marchó. Definitivamente, Mark y Billy tenían mucho trabajo por delante.

Tras hablar con la madre de Ethan, Cecelia pensó que necesitaba liberarse un poco de la tensión que sentía. Así que no se le había ocurrido mejor cosa que salir a correr y ahora estaba perdida, literalmente perdida. Habían pasado ya dos horas y no tenía la menor idea de dónde se encontraba. No estaba acostumbrada a caminar por el bosque y todos los árboles le parecían iguales.

Se sentó sobre unas rocas, cansada. En pocos minutos el sol se ocultaría tras las montañas y una vez más tendría que encontrar el camino sin más ayuda que su linterna, en un lugar teóricamente infestado de osos. Estaba tan nerviosa que agarró con fuerza un palo para defenderse de posibles ataques.

Intentó tranquilizarse pensando que alguien saldría a buscarla. A fin de cuentas, Ethan no dejaba de vigilarlos a todos, especialmente a ella y a Nate. Enviaría a alguien o iría él mismo, aunque solo fuera para reírse a su costa. Pero la idea de volver a hacer el ridículo ante él le pareció tan horrible que se volvió a levantar y retomó la marcha. No esperaría allí, sin hacer nada.

Desde el último encuentro con el vaquero, había hecho lo posible por mantenerse alejada de él. No estaba dispuesta a mantener relaciones sexuales con un hombre que ni siquiera le agradaba y cuyo comportamiento la sacaba de quicio. Por eso, cuando minutos después oyó el sonido de un todoterreno que se acercaba, Cecelia comenzó a correr de nuevo como si no estuviera perdida y siguiera dando un simple paseo.

Tal y como imaginaba, era Ethan.

–¿Ya has terminado de correr?

Ethan detuvo el todoterreno e hizo un esfuerzo por no admirar la parte trasera de la anatomía de Cecelia. Algo bastante difícil, dado que llevaba unas mallas muy ajustadas.

El vaquero bajó una de las ventanillas y la saludó llevándose una mano, enguantada, al ala del sombrero.

Cecelia lo maldijo. Ese tipo de cosas la estaban volviendo loca. Los hombres que había conocido no llevaban sombrero texano ni guantes de cuero. Aquella mañana, por ejemplo, había salido al exterior de la casa en calzoncillos, y al verlo había sentido un intenso ataque de deseo por él.

–Si ya has terminado de correr, te puedo llevar de vuelta a casa.

–¿Estoy muy lejos?

–A unos trece kilómetros.

–Entonces, supongo que ya he corrido bastante.

Cecelia subió al asiento del copiloto y se acomodó. Pero olvidó que llevaba encima el palo que había recogido para defenderse y golpeó sin querer a Ethan.

–¿Se puede saber para qué llevas eso? ¿Crees que hay atracadores en los bosques?

–No, pero osos, sí.

–¿Cómo? –preguntó, arqueando una ceja.

–Osos –repitió ella.

Ethan arrancó el vehículo y al cabo de un rato dijo:

–¿Te importa que nos detengamos un momento?

–Si es necesario...

El vaquero la miró. Estaba realmente atractiva.

–Dime una cosa: ¿te estás entrenando para un maratón o algo así?

–Algo así –respondió–. ¿En qué dirección está el rancho?

–Justo delante de nosotros, en el valle.

Cecelia asintió como si supiera dónde se encontraba. Poco después, salieron a un claro y Ethan detuvo el todoterreno junto a una cabaña de madera. En plena puesta de sol, la vista de las montañas era espectacular. Cecelia pensó que jamás había visto nada tan hermoso.

—Es tan bello que corta la respiración, ¿verdad? —murmuró Ethan.

El vaquero iba casi todas las tardes a aquel lugar. Lo adoraba. Era lo más parecido al paraíso que conocía y se sentía mucho mejor cuando contemplaba aquel paisaje. Pensaba en el futuro, en la tierra, en la promesa de la vida que tenía por delante, en su familia, en el hogar, en la posibilidad de tener hijos alguna vez.

Al pensar en ello, se estremeció. Sospechaba que el futuro, los hijos y la familia serían cosa de sus hermanos, que ellos serían los encargados de traer al mundo a la siguiente generación de los Cook. Él lo había intentado una vez y la experiencia había sido tan negativa que decidió no intentarlo de nuevo. Marsha le había dicho que era un marido horrible y que sería un mal padre.

Entonces, salió del todoterreno y comenzó a descargar la madera que había cargado en el vehículo. Segundos después, Cecelia decidió bajar y ayudarlo. Y lo hizo en silencio, algo que el vaquero agradeció. Siempre le había gustado la tranquilidad. En los caballos, en los perros, en los hermanos y en las mujeres. Por duro que le resultara, comenzaba a gustarle la asistente social.

–¿Has construido tú la cabaña?

–La he reconstruido –respondió, mientras la miraba–. Fue la primera casa de mis padres, pero cuando nos tuvieron a nosotros decidieron construir la casa que ya conoces. Aún tengo que trabajar un poco en ella, aunque espero que esté terminada en verano.

–Y entonces, ¿qué vas a hacer?

–Viviré aquí.

–Oh...

Ethan tuvo la impresión de que, de algún modo, su respuesta la había decepcionado.

Aún hacía calor y la tranquilidad del lugar había disipado la animosidad que existía entre ellos. Así que Ethan decidió ofrecerle una de las cervezas frías que Billy se había empeñado en que llevara, con el argumento de que estaría sedienta después de correr.

Al ver las cervezas, Cecelia pensó que el vaquero no la había encontrado casualmente.

–Mark me envió a buscarte –explicó él–, y pensamos que tendrías sed.

Cecelia lo miró con desconfianza, pero

tomó la cerveza que le ofrecía. Estaba realmente sedienta.

Ethan caminó hacia la cabaña y se sentó en los escalones de la entrada. Poco después, la asistente social hizo lo propio.

–Te propongo un trato –declaró la joven, de repente–. Que no nos peleemos mientras dure la puesta de sol.

–Ni pelearnos, ni besarnos –dijo él, con una sonrisa.

–Está bien. No nos pelearemos ni nos besaremos.

–¿Y entonces? ¿Qué podemos hacer?

–Podemos mantener una conversación, como la gente normal –respondió, mientras se apoyaba en la barandilla–. ¿Por qué quieres vivir en esta casa?

–Tengo treinta y dos años, Cecelia. ¿Es que tú aún vives con tus padres?

–No.

–Seguro que no tienes que dormir en la misma cama que tenías a los doce años.

–No –volvió a decir, sin más explicaciones.

–Y seguro que tu madre no pone sábanas con dibujos de la «La guerra de las galaxias» en tu cama porque cree que es divertido...

Cecelia pensó que sería mejor que lo interrumpiera. Aquella conversación no tenía mucho sentido.

–Ethan, mis padres están muertos.

Ethan la miró, asombrado, y Cecelia se preparó para sentir una mano en el hombro, que era lo que casi siempre hacía la gente cuando se enteraba.

–No lo sabía. Lo siento mucho, Cecelia.

Cecelia no quería mirarlo a los ojos porque suponía que estarían llenos de compasión. Era lo habitual. Pero cuando lo hizo, descubrió que se había equivocado con él. En los ojos del vaquero solo había una sincera tristeza, y se emocionó tanto que dio un trago de cerveza para tranquilizarse.

–Murieron hace mucho tiempo.

Ethan sintió la necesidad de huir. Lo que había comenzado como una conversación trivial, sin importancia, se había convertido en algo peligrosamente personal. Deseaba abrazarla, acariciarla.

–¿Qué pasó?

–Un accidente de coche. Pero no hablemos de eso. La gente se queda huérfana todos los días.

–¿Huérfana?

El vaquero pensó que debía de ser algo horrible. La idea de perder a su familia le parecía insoportable.

–¿Quieres decir que te adoptaron? –preguntó.

–No. Estuve en instituciones del Estado hasta los dieciocho años. Después fui a la universidad, me convertí en asistente social y comencé a trabajar en el proyecto que ya conoces. Conocí a tu hermana y a tu familia, vine a Montana, salí a correr, me encontré contigo y aquí estoy –declaró, con una sonrisa–. Y dentro de poco me marcharé para ayudar a algún otro niño.

Permanecieron en silencio unos segundos, hasta que Ethan dijo:

–Este proyecto es muy importante para ti, ¿no es cierto?

Cecelia tomó un poco más de cerveza. Le agradaba estar allí, con él, sin discutir.

–Sí. Cuando conocí a Nate, le pedí que dibujara algo, algo que deseara. Un coche o un perro o un personaje de videojuegos, cualquier cosa. Pero él dibujo a su hermano. Con once años el pobre no había visto nunca un caballo, pero su hermano había muerto en la cárcel, en una pelea. Entonces supe que no podría cambiar su pasado, pero que podía hacer algo para enseñarle que hay cosas buenas en la vida.

Cecelia sonrió con calidez y con tristeza antes de continuar.

–Por ejemplo, puedo enseñarle a vuestra familia. Puedo enseñarle el rancho Morning

Glory. Y puede que la próxima vez que dibuje algo, dibuje a Billy, las montañas o incluso a Freddie.

El sol se ocultó definitivamente tras las montañas, aunque el cielo todavía permanecía iluminado por los últimos rayos. Tras las nubes rojizas, se distinguían las estrellas.

Ethan pensó en su acompañante. Había conocido a mujeres muy bellas y muy inteligentes, a mujeres que eran capaces de enfrentarse a él y de provocar su risa. Pero nunca había conocido a ninguna mujer que admirara tanto.

—Ethan, sé que nuestra relación no comenzó con buen pie, pero quiero darte las gracias por haber salido a cabalgar con el chico.

Aquello fue más de lo que el vaquero podía soportar. Él no había hecho nada que mereciera su agradecimiento, de modo que dejó la cerveza en el suelo, la miró con intensidad y la besó, sencillamente porque no encontraba las palabras adecuadas para pedirle perdón por su comportamiento.

Cecelia se quedó impresionada por la dulzura de aquel beso, sin poder respirar, sin poder moverse. No se apartó de él, pero tampoco se dejó llevar por la pasión.

Entonces, Ethan se alejó unos centímetros y acarició los labios de la joven con un dedo. Después, volvió a inclinarse sobre ella y la beso otra vez, pero con todo el deseo que albergaba. Cecelia se sintió rodeada por su calor y por su aroma, y se sorprendió arrojándose a él con la misma intensidad .

El vaquero decidió comportarse como si estuviera en presencia de un cervatillo, como si cualquier movimiento brusco pudiera provocar su huida. Así que se sentó a su lado y le acarició el cabello. Cecelia suspiró y se apretó contra él, confiada. Pero el cariño volvió a dar paso a la pasión, y mientras se besaban, supo que él nunca haría nada que ella no quisiera.

La joven jamás había experimentado una situación tan intensamente erótica. Pasó las manos por encima de la camisa de Ethan. Acarició su pecho y su espalda y gimió al sentir el contacto de la piel del vaquero en su estómago. Le había sacado la camisa y se detuvo a milímetros de su sostén. Era una sensación maravillosa, y Cecelia contuvo la respiración deseando que le quitara la prenda y acariciara sus senos. Todo su cuerpo lo deseaba. Quería sentir sus manos.

Pero Ethan se apartó ligeramente y ella abrió los ojos con temor, como si creyera que la realidad rompería el hechizo.

—Dímelo —dijo él, en un murmullo—. Dime lo que quieres.

Cecelia quería decirle que le quitara la ropa, que la besara en todo el cuerpo, que la tocara en todas partes, que llevara su boca hasta el último de sus rincones, que provocara su placer. Nunca se había sentido tan mujer como en aquel instante. Jamás había deseado tanto a un hombre.

Sin embargo, algo le dijo que aquello era inútil. No podía dejarse llevar sin pensar en el día siguiente. No tenían nada en común y en poco tiempo se alejarían.

—¿Qué sucede? —preguntó él.

—Me prometí que no mantendría relaciones con personas a las que no gusto y que no me gustan.

Ethan quiso decir algo, pero Cecelia llevó un dedo a sus labios para impedírselo. En cualquier caso, su mirada lo decía todo. Decía que sentía lo sucedido, que ella le gustaba mucho, que lamentaba las peleas y los enfados de los últimos días.

—Mira, Ethan, mi vida no es lo suficientemente desenfadada para este tipo de aventura. Yo... Bueno, ya sabes que me voy a marchar muy pronto. Además, no creo en amores de una sola noche.

Cecelia mintió. Su problema era distinto.

No tenía nada en contra de los amores de una noche, sino de acostarse en concreto con Ethan. Se sentía demasiado atraída por él. Solo llevaba cuatro días en aquel lugar y ya la había conquistado por completo.

Lo miró a los ojos y sintió que estaba tan confundido como ella. Una razón de más para no tener una aventura con él, para regresar a la normalidad de su apartamento en la ciudad, de su vida. Si no lo hacía pronto, no podría hacerlo nunca.

—Por favor, te ruego que me lleves de vuelta al rancho.

Ethan la observó con detenimiento. Podía actuar con resolución o dejarse llevar por la pasión que sentía por ella. Pero por muy frustrado que se sintiera, por mucho que la deseara, no tenía muchas opciones y al final triunfó su resolución.

—Está bien.

Entonces, se levantó y la acompañó al vehículo.

Capítulo Ocho

BILLY se reunió con Mark en el prado del sur. Miró a su alrededor como si estuvieran realizando una operación de espionaje y se bajó el sombrero para que nadie pudiera leer sus labios.

Se sentía como si fuera James Bond.

—Tenemos un problema —dijo, entre dientes.

—Si hablas tan bajo, no puedo oírte.

Mark observó a uno de los vaqueros, que estaba trabajando con Renegade. Parecía que el caballo estaba mejorando.

—He dicho que tenemos un problema. Anoche pasó algo y Cecelia y Ethan se están tratando con amabilidad.

Su hermano hizo un gesto al vaquero para que hiciera correr a Renegade en una dirección distinta.

—¿Y qué? —preguntó—. Eso es lo que pretendíamos, ¿no es cierto?

—¡No! Te estoy diciendo que se están comportando con amabilidad. Hasta Ethan lo está haciendo.

—¿Con amabilidad? —preguntó Mark, horrorizado–. ¿Ethan se está comportando con amabilidad?

–Ya te he dicho que teníamos un problema.

Nate era un chico muy listo y supo de inmediato que algo había cambiado en el Morning Glory. Mark y Billy hablaban entre ellos más de lo normal y lo hacían en voz baja y con los sombreros bajados. En cuanto a Cecelia y Ethan, se estaban tratando con tanta delicadeza que casi echó de menos que se pelearan.

En el colmo de la amabilidad, había sido testigo de una escena absurda. Ethan le había cedido el paso a Cecelia al abrir una puerta, pero ella se empeñó en dejarlo pasar antes y acabaron discutiendo acerca de quién debía hacerlo.

No sabía qué ocurría, pero subió las escaleras del porche y se dirigió a la cocina. Si los demás se habían vuelto locos, era asunto suyo. Él tenía hambre.

Lis estaba junto a la pila, pelando patatas. Cuando lo oyó entrar, lo miró.

–¿A qué viene esa cara tan larga? –preguntó ella.

Nate se acercó y Lis se sorprendió al ver

que el chico estaba a punto de llorar. Así que acercó una silla, sacó otro cuchillo y le tendió una patata.

—Ya que estás aquí, ¿por qué no me ayudas?

—No quiero pelar patatas —respondió, apoyándose en los armarios de la encimera.

—Seguro que sí.

El niño se subió en la silla y ella le enseñó lo que tenía que hacer sin cortarse con el cuchillo. Segundos después, el niño y la mujer estaban cortando patatas en silencio.

—¿Qué te ocurre? —preguntó Lis, al cabo de un rato.

—¿Sabes qué está pasando aquí?

—¿A qué te refieres?

—Me refiero a Mark, a Billy, a Cecelia y a Ethan.

A Nate le sorprendió que Lis no se hubiera dado cuenta.

—¿Te refieres a que Cecelia y Ethan se están comportando como si fueran los mejores amigos, cuando hace unas horas se enfadaban por cualquier cosa? ¿O a que Billy y Mark intentan hacer de casamenteros aunque no tienen la menor idea? —preguntó ella—. ¿O tal vez estás pensando en la misteriosa ausencia de los Cook? ¿O acaso en las llamadas telefónicas nocturnas que solo puede contestar Billy? No sé qué decir. Tengo la impresión de que las únicas personas de este rancho que no se comportan como niños de dos años somos tú y yo.

En aquel momento, oyeron que alguien aplaudía a sus espaldas. Era Mark.

–Impresionante –dijo el hombre, entre risas–. Pensaba que estábamos disimulando bastante bien.

–Tan bien, que hasta Nate se ha dado cuenta –dijo Lis.

–Bueno, eso es lo que pasa cuando se espera que dos vaqueros actúen como vulgares casamenteros.

–¿Por qué lo estáis haciendo, Mark? –preguntó la cocinera–. No es típico de vosotros.

–Es que es obvio que se gustan mucho.

–Pero, ¿qué sacáis vosotros de eso? ¿Creéis que se van a enamorar en una semana?

–No, solo queremos que Ethan se relaje un poco, que vuelva a ser como era antes de su relación con Marsha.

–Han pasado años desde entonces y no creo que pueda superarlo en una semana.

Nate no sabía de qué estaban hablando, pero permaneció en silencio porque parecía importante.

–Mi hermano ha sufrido mucho, Lis.

– Cecelia también.

–¿Cecelia? ¿Quién le ha hecho daño? –preguntó el niño, con furia.

–Nadie, Nate –respondió Mark, acariciándole la cabeza–. Sencillamente, es una mujer triste.

Nate lo miró con extrañeza. Cecelia podía ser divertida, encantadora, agresiva y a veces se volvía un poco loca, pero nunca la había visto realmente triste.

Mientras pensaba en ello, los tres se quedaron en la soleada cocina como si estuvieran congelados, sin moverse. Un vaquero con una mano en la cabeza de un niño y una mujer con el corazón roto.

En aquel momento, Cecelia no estaba triste. Solo estaba sucia y confundida porque no era capaz de distinguir un hierbajo de una zanahoria. Después de arrancar seis zanahorias pensando que eran malas hierbas, se sentó en el suelo, desesperada.

–Estás destrozando el huerto de Lis –dijo Ethan, mientras se sentaba a su lado.

Ethan se echó el sombrero hacia atrás y Cecelia pensó que era todo un vaquero. Desde el beso que se habían dado dos días antes, durante la puesta de sol, se sentía como si fuera una batería que se cargase de electricidad cuando él estaba cerca. Era una sensación tan intensa que casi habría preferido que se mantuviera alejado de ella, que volvieran a comportarse con la agresividad de antaño.

–Me dijo que arrancara las malas hierbas, pero no me enseñó a distinguirlas.

–¿Y tú se lo preguntaste? –preguntó él, arqueando una ceja.

–No.

–Mmmm. No se puede negar que eres muy obstinada...

–Si puedes explicármelo tú, hazlo. O aléjame de este huerto.

Ethan le explicó la diferencia entre las distintas plantas y acto seguido se alejó.

Cecelia era perfectamente consciente del cambio de actitud del vaquero y se alegraba mucho, pero ahora no tenía defensa alguna contra la atracción que sentía por él.

Imaginó su vida en Los Ángeles. Imaginó su apartamento, la minúscula cocina medio estropeada, la mesa llena de revistas, cartas y catálogos y el pequeño salón. No se parecía nada a la cocina de la casa de los Cook, inmensa y siempre llena de gente.

Intentó dejar de pensar en ello. Siempre le decía a los niños que cuando estuvieran asustados imaginaran un sitio en el que se sintieran a salvo, así que intentó aprovechar su propio consejo y pensó en su salón, la estancia que más le gustaba de su casa. Tenía unos enormes balcones, así que siempre estaba muy iluminada, y era un lugar perfecto para sentarse y leer. El sofá estaba lleno de libros y de ropa, pero no importaba porque nunca se sentaba nadie en él.

Sin embargo, el sofá se llenó de gente en su imaginación. Se sentaron Ethan, Lis, Nate, Mark, Billy y un par de vaqueros del rancho, todos charlando y comiendo mientras veían una entrevista al héroe de todos, Clint Eastwood.

Entonces, decidió que aquel juego no era divertido. Dejó de imaginar el sofá e intentó concentrarse en su dormitorio. Lo había pintado de azul y amarillo para que estuviera a juego con la colcha, pero lógicamente no tardó mucho en ver a Ethan en la cama, en ropa interior.

Desesperada, pensó que había mentido a Ethan la noche anterior. No sería capaz de volver a llevar la misma vida después de haber vivido en aquel rancho. No podría vivir sin Ethan Cook.

Se levantó y tiró las zanahorias y las malas hierbas al suelo. Por mucho que lo intentara, no conseguía dejar de pensar en lo que su cuerpo ya sabía: que lo deseaba.

Ethan intentó actuar con normalidad. En parte, comprendía a Cecelia; entendía que no quisiera llegar más lejos y en cierta forma se alegraba porque estaba convencido de que no estaban hechos el uno para el otro.

Sin embargo, la deseaba demasiado. Casi habría preferido que regresaran al estado anterior, que volvieran a los enfados y a los tensos silencios. Tal vez entonces habría podido controlar la atracción que sentía por ella. Pero ahora no era posible. Lo miraba de tal modo que se sentía como si fuera un quinceañero un poco loco y muy masculino.

A pesar de que al principio le había costado acostumbrarse al lugar, parecía que había aprendido a amar el rancho. Su relación con los caballos había mejorado, y cuando dos días antes había visto otra serpiente no había gritado y salido corriendo. Se había limitado a gritar, lo que naturalmente asustó al animal.

Era obvio que la vida en el rancho le gustaba. Se sentía relajada y tranquila, y de vez en cuando reía con aquella risa que tanto le gustaba.

Lo estaba volviendo loco.

Ethan también había notado que su relación con el chico había cambiado. Jugaban, pasaban tiempo juntos y Nate sonreía cada vez más.

En aquel momento apareció Mark. Llevaba una silla de montar, como si tuviera intención de trabajar un poco.

—No sé si es buena idea que camines si todavía no se te ha curado la pierna —declaró él.

—Estoy perfectamente, no te preocupes.

—Oye, Mark...

—¿Sí?

Mark dejó la silla de montar sobre una mesa de trabajo y comenzó a arreglarla.

—Nada, olvídalo.

Ethan se puso los guantes y caminó hacia la salida, pero cuando estaba a punto de abrir la puerta, giró sobre sí mismo y dijo:

—Tengo un problema.

—¿Qué sucede?

El vaquero pensó en lo que podía decir. Podía confesar que Cecelia lo estaba volviendo loco, que lo besaba y al minuto siguiente afirmaba que no podían estar juntos, que había decidido ser amable con ella y que había descubierto que la deseaba.

—¿Y bien? —preguntó Mark.

—Olvídalo.

Entonces, Ethan abrió la puerta y se marchó.

Lis enseñó a Cecelia un atajo para llegar a la antigua casa de los Cook, en la que Ethan estaba trabajando. Estaba cuesta arriba a unos diez minutos de camino, pero después de la larga caminata de dos días antes se encontraba agotada. Pero quería verlo, así que pensó en alguna excusa para dejarse caer por allí y se dijo que le llevaría algo de comer y que lo informaría de que sus padres volvían al día siguiente.

En realidad, su intención era muy distinta. Pretendía pedirle que la desnudara y que le hiciera el amor en aquella cabaña.

Al cabo de unos minutos llegó al claro donde se encontraba la casa. Ethan la vio de inmediato, porque estaba en el porche, y Cecelia sonrió y avanzó hacia él.

–Te he traído algo de comer –declaró–. Es pollo.

–Ah, te comería ahora mismo. Bueno, no, lo que quiero decir es que me lo comería ahora mismo...

Cecelia le dio la comida. Lo deseaba tanto y estaba tan nerviosa que a punto estuvo de salir corriendo.

–Gracias.

–Veo que has trabajado mucho...

Ethan se sentó en las escaleras.

–No creas. Pero gracias por la comida. No deberías haberte molestado...

Permanecieron en silencio durante un rato. El vaquero pensó que aquella tensión lo mataría. Se había pasado todo el día en el cabaña, haciendo como si trabajara cuando en realidad solo estaba dejándose llevar por sus fantasías sobre Cecelia y sus largas piernas.

–Por cierto, tus padres vuelven mañana.

–Me alegro. Así podrás volver a tu vida en la gran ciudad.

Cecelia no se alegraba en absoluto. Nerviosa, respiró profundamente varias veces y cerró los ojos.

–¿Qué estás haciendo? –preguntó él.

–Una visualización positiva.

Ethan rio.

–¿De qué?

La mujer lo miró y respondió:

–Quiero que te acuestes conmigo.

El vaquero comenzó a toser, asombrado, y Cecelia le dio unas cuantas palmaditas en la espalda.

–No te preocupes, estoy bien –acertó a decir–. Solo me preguntaba si te he entendido bien.

—Me has entendido perfectamente. Bueno, si es que has oído lo que...

—Lo he oído. Pero, ¿por qué? ¿Por qué ahora?

—Porque he pensado que mi vida tiene que ser más desenfadada...

En realidad, a Ethan no le importaba por qué se había decidido finalmente. Cecelia era su fantasía y estaba allí, así que se inclinó sobre ella y la besó como si fueran amantes que no se hubieran visto en mucho tiempo, abrazados, abandonados a la pasión.

Ethan notó el cambio de actitud en la mujer. Ahora no lo besaba con inseguridad, sino con perfecta consciencia de lo que estaba haciendo y totalmente decidida a hacerlo. Era algo tan bello que no pudo evitar sonreír.

—¿De qué te ríes? —preguntó Cecelia.

—De que estás encima del pollo.

Entonces, Ethan la tomó en brazos y la llevó al interior de la casa a medio terminar.

—No pensé que lo hiciéramos ahora mismo. En fin, había pensado que lo haríamos en una cama...

Ethan la dejó en mitad de una habitación vacía, sin más decoración que las paredes de madera, pero resultaba un lugar encantador a su modo.

El vaquero tomó un sacó de dormir, lo desenrrolló y la miró.

–No podemos detenernos, Cecelia. Desde que nos encontramos en la montaña hace unos días, no he hecho otra cosa que desearte. Y francamente, ahora estás justo donde yo quería, aquí, conmigo.

Aquel argumento era tan sencillo y directo que Cecelia avanzó hacia él, más segura que nunca.

–Tú también estás donde yo quería, aquí y conmigo.

Cecelia lo besó con más deseo del que se habría creído capaz y el la acarició por debajo del jersey. Tocó su espalda, su estómago, sus senos. Era una sensación tan maravillosa que gimió.

Se quitaron casi toda la ropa y se abrazaron con fuerza. El contacto de la piel contra la piel los envolvió en un cálido abrazo y se volvieron a besar como si nunca se pudieran cansar el uno del otro.

–Espera un momento –dijo él.

Ethan se inclinó con intención de quitarse las botas, pero ella le acarició y besó una larga cicatriz que cruzaba su espalda.

–Espera...

–No –dijo ella.

–De acuerdo.

Se metieron en el saco de dormir. En el exterior de la casa ya había anochecido, y la luz de la luna entraba por una de las ventanas. Cecelia observó a su acompañante y se dijo que nunca había estado con ningún hombre tan atractivo. En cuanto a él, le quitó el sostén y pensó que jamás había visto a ninguna mujer tan bella.

Ethan la miró y acarició sus senos. Cecelia cerró los ojos y gimió.

—Abre los ojos —dijo él, en un susurro—. Mírame.

La joven no tenía más opción que obedecer. Su cuerpo estaba hipnotizado por el contacto de aquel hombre.

—Eres preciosa, perfecta... —continuó.

Cecelia se había tumbado sobre él y Ethan estaba tan excitado que sabía que podía perder el control con facilidad. Deseaba quitarle las braguitas y hacerle el amor, pero era consciente de que la deseaba tanto que en aquel momento podía ser desastroso, de modo que se contuvo y empezó a acariciarla, dulce y apasionadamente. Ella se apartó un poco y se tumbó de espaldas.

—Mira —dijo él, mientras le acariciaba los pezones—. ¿Quieres que te toque?

—Oh, sí —gimió.

Ethan se inclinó y lamió sus senos. Jugaba con su cuerpo. La besaba, le mordía con suavidad, la acariciaba. Era una tortura maravillosa y Cecelia sintió que no podía más, pero el vaquero recompensó la urgencia de la mujer succionando con fuerza uno de sus pezones.

—Sí, sí... –rogó ella, arqueándose.

—¿Te encuentras bien? –bromeó él, con una sonrisa malévola.

—Vamos, Ethan –exigió Cecelia.

Ethan rio y comenzó acariciar su espalda. Ella permanecía quieta, intentando concentrarse en todas aquellas sensaciones, cada vez más excitada, dominada por la pasión.

—¿Qué quieres? –preguntó él.

—Tócame –imploró.

—¿Así?

Entonces, Ethan introdujo dos dedos en ella y Cecelia levantó las caderas como si quisiera capturar su mano.

—Sí...

—¿Quieres que te quite las braguitas?

—Sí, por favor...

—¿Y qué harás tú por mí? –murmuró él.

Ethan le quitó la prenda y la dejó a un lado. Después, apartó sus muslos y comenzó a lamerla, mientras se desabrochaba sus propios pantalones. Pero entonces, recordó algo terrible. No tenía ningún preservativo.

Desesperado, se apartó y se sentó.

—¿Qué te ocurre? —preguntó Cecelia, sin dejar de acariciarlo.

—Yo...

Cecelia se apretó contra su espalda. El contacto de sus senos en la piel fue tan excitante que Ethan olvidó todo lo que estaba pensando, y ella aprovechó el momento para seguir explorando el cuerpo del vaquero.

Segundos después, introdujo una mano por debajo de sus calzoncillos.

—Dime lo que deseas —dijo ella—, y te lo daré.

—Un preservativo —respondió, sin dudarlo—. No tengo ninguno.

Cecelia sonrió y pensó que el viaje que había realizado aquella tarde a la ciudad había merecido la pena. Se echó hacia atrás un poco, buscó en sus bolsillos y sacó una caja de treinta y seis.

—Como ves, no necesitas ninguno —bromeó.

Ethan la miró y sonrió a su vez.

—Gracias.

Los dos rieron y se abrazaron antes de volver a tumbarse. Entonces, él se puso un preservativo y entró en ella.

En aquel momento no pensaron en nada salvo en el deseo, pero en los días siguientes no dejaron de preguntarse a sí mismos sobre las emociones que habían experimentado. Si alguien hubiera preguntado, habrían contestado que había sido la relación sexual más intensa de sus vidas. Pero los dos seguían sin saber por qué se sentían como si por fin hubieran regresado al hogar.

Capítulo Nueve

ETHAN parpadeó, pero las estrellas que veía no desaparecieron. Además, no sentía las piernas.

Cecelia se apartó el pelo de la cara e intentó sentarse, pero se apoyó sin querer en la garganta del vaquero, que gimió. La joven se disculpó y entonces notó que ya no estaban en el lugar donde originalmente se habían tumbado. Mientras hacían el amor, habían acabado de algún modo pegados a una de las paredes.

–Ha sido maravilloso –dijo ella.

–Sí, pero no siento las piernas.

A pesar de las dos horas de sexo apasionado, Cecelia se sentía extrañamente energética.

–Veo que necesitas un masaje –dijo, suspirando.

–Algo le pasa a mis ojos...

Ethan abrió y cerró los ojos varias veces antes de continuar:

–Qué suerte tengo. La mejor relación sexual de mi vida y ahora me quedo ciego y no podré volver a caminar.

–¿La mejor relación sexual de tu vida? –preguntó ella, con una sonrisa.

Cecelia estaba sentada junto al vaquero. La luz de la luna daba un tono plateado a sus preciosos senos. Estaba tan bella que algo estalló en el interior de Ethan.

–Gracias –dijo el hombre.

Entonces, la atrajo hacia él y la tumbó sobre su cuerpo. Permanecieron un buen rato abrazados, cubiertos de sudor, disfrutando del instante. La visión de Ethan se normalizó y minutos después empezaron a sentir frío, así que buscaron la ropa.

Mientras se vestían, Cecelia comenzó a sentirse incómoda por la intimidad que habían compartido y se ruborizó cuando encontró sus braguitas en una de las botas de su acompañante.

Terminaron de vestirse y salieron al exterior, en silencio. Ethan pasó un brazo alrededor de su cintura y dijo en un murmullo:

–Me has dado un gran sorpresa.

–Me alegro.

Cecelia lo encontró tan irresistible que lo besó y también pasó un brazo alrededor de la cintura del vaquero.

Ethan quiso confesarle cuánto la deseaba. Le habría gustado que las cosas fueran diferentes, que él fuera un hombre distinto, que sus vidas no estuvieran tan alejadas.

—Te vas dentro de una semana —declaró.

—Sí —dijo ella.

—Y piensas volver a la ciudad, a tu trabajo...

—Una semana... Quiero que lo hagamos otra vez.

Ethan sonrió y se inclinó sobre ella para besarla.

Al día siguiente todos se levantaron temprano para recibir a los Cook. Los vaqueros se aseguraron de que todo estuviera bien en el rancho y Lis preparó una buena comida. En cuanto a los hermanos, arreglaron la casa para que su madre no se molestara con el relativo desorden de los últimos días.

Cecelia intentó comportarse como si no hubiera pasado nada entre ella y Ethan, pero tenía la impresión de que hasta el último hombre del Morning Glory lo sabía. Además, la cercanía de su amante la desesperaba. Lo deseaba demasiado.

En determinado momento, Ethan se acercó a ella y preguntó:

—¿Te encuentras bien?

—No —respondió—. Me siento muy avergonzada.

–Pues estás preciosa cuando te sientes avergonzada.

Ethan sonrió, con aquella sonrisa que parecía calentar el aire que los rodeaba. Pero bastó un solo beso para que la incomodidad de la joven desapareciera. Cecelia se apretó contra él y lo besó con toda la fuerza del deseo que sentía.

Mac y Missy Cook provocaron un verdadero caos de risas, historias y conversaciones cuando llegaron. Se dieron un festín y Cecelia pensó que no era extraño que aquella familia se llevara tan bien. Mac y Missy trataban a todo el mundo con respeto y cariño, desde los vaqueros hasta la propia Lis, y se comportaron con sus hijos como si no los hubieran visto en muchos años. Missy los besó a todos y Mac estrechó sus manos y les dio golpecitos en la espalda.

Naturalmente, Missy saludó a Nate y a Cecelia. Y a pesar de las protestas del pequeño, abrazó con fuerza al niño. Cuando se sentaron a la mesa, el chico no sabía qué hacer; le había tocado sentarse junto a Mac y no sabía cómo debía comportarse en presencia de aquel hombre de pelo blanco que lo miraba con sus ojos marrones.

–Así que tú eres Nate –dijo entonces Mac–. Yo soy Mac.

El hombre extendió una mano y el niño la estrechó.

–Lo sé.

–Nos alegra que estés aquí.

Mac sonrió y todas las barreras del niño se derrumbaron.

–Gracias...

Al otro lado de la mesa, Billy comentó que su padre y Nate se habían gustado y los tres hermanos escucharon la conversación del hombre y del niño, divertidos.

–Creo que se harán bien el uno al otro –intervino Missy–. Tu padre necesita algo en lo que pensar... Pero cambiando de tema, ¿se ha acostumbrado Cecelia a la vida en el rancho?

–Yo diría que sí, y muy bien –respondió Billy–. ¿Qué te parece a ti, Mark?

–Bueno, ha dejado de gritar cuando se encuentra con un caballo.

–Cierto, hace un par de días que no acaba sentada sobre un montón de excrementos.

–Y es muy buena con el chico.

–¿Con Nate o con Ethan? –bromeó Billy.

–¡Ya basta! –espetó Ethan–. Lo que mis hermanos pretenden decir es que Cecelia está bien, que está divirtiéndose mucho y que...

–¿Y? –preguntó su madre.

–Y que me alegro mucho de que esté aquí.

–¿Qué quieres decir?

–¡No pienso decir nada más!

–Está bien –dijo su madre–. ¿Y qué tal está Lis?

Cecelia observó a Mac y a Nate con detenimiento. Como estaba algo alejada, no había escuchado su conversación y no estaba segura de que el niño supiera comportarse adecuadamente, así que se acercó.

–Espero que te hayas recuperado del viaje –dijo a Mac.

Mac rio.

–Bueno, en cuanto monte un poco me sentiré mejor. Discúlpanos por no haber llegado antes.

–No te preocupes, ha sido muy divertido.

–No sé qué planes tienes...

–Pero puedes quedarte todo el tiempo que quieras –lo interrumpió Missy–. Los chicos dicen que te has divertido mucho.

–Es cierto –confesó Cecelia, abrumada por tanta amabilidad–, pero me temo que tendré que volver pronto a mis obligaciones. Sin embargo, como el contrato decía que pasaría una semana con vosotros dos y con Nate, creo que puedo tomarme esa semana de vacaciones.

–Excelente –dijo Ethan.

Cecelia miró a su amante y le alegró el brilló de felicidad de sus ojos.

Después de cenar, Mac llevó a Nate al establo y Cecelia se quedó en la cocina con Lis y con Missy. Al cabo de un rato, cuando pensó que ya estaba a salvo, se excusó y dijo que iba a salir a dar un paseo antes de marcharse a la cama. Pero no dijo con quién.

En cuanto a Ethan, no estaba seguro de si debía esperar a Cecelia. Llevó un montón de madera a la cabaña, solo para trabajar un rato y hacer algo con su tiempo. Se sentía como si toda su vida estuviera en el aire. Sin embargo, y a pesar de que sabía que se marcharía pronto, intentó no pensar en ello.

Estaba decidido a disfrutar del instante y a asumir su marcha cuando por fin llegara. No esperaba nada más. Sabía que el amor no estaba hecho para él. Lo había aprendido hacía mucho tiempo.

Los pensamientos de Cecelia no eran muy diferentes a los del vaquero cuando empezó a caminar hacia la cabaña. Estaba decidida a disfrutar del momento sin preocuparse por nada.

La noche era tan perfecta para dos amantes como la anterior: hacía calor y el viento arrastraba un aroma a pino y a madreselva. Poco después oyó el sonido de un martillo y sonrió al pensar que Ethan estaba allí, tal y como había imaginado. Al llegar al claro, lo vio y se estremeció.

–Pensé que mis padres te habían raptado –dijo él.

–Tu padre llevó a Nate al establo, y yo me quedé un rato con tu madre y con Lis. Missy es una mujer muy observadora.

–Desde luego –dijo él, con ironía–. Y con una habilidad especial para aparecer en los momentos más embarazosos.

–¿Qué quieres decir?

–Digamos que su manía de presentarse en cabañas y coches en momentos íntimos me convirtió en el hombre virgen con más años de los alrededores.

Ethan se acercó y acarició su cabello.

–¿Y cuándo arreglaste ese problema?

–¿Cuál de los dos?

–Tu virginidad.

–Anoche –bromeó.

Cecelia rio y de repente se sintieron atrapados por el deseo. Como la casa estaba lejos, no tuvieron ningún cuidado y se besaron apasionadamente bajo las estrellas.

Ethan desabrochó el pantalón de la joven, introdujo una mano por debajo y descendió hacia su sexo. La acarició, entró en ella, y Cecelia gimió y se dejó llevar. Pero quería compartir con él el orgasmo, quería llevarlo al mismo lugar que él la llevaba, al centro de la pasión.

–Hagamos el amor –rogó ella.

Ethan la miró y los dos se desnudaron. Después, se tumbaron sobre la hierba e hicieron el amor.

Todavía estaban tumbados en el suelo, un buen rato después, cuando Cecelia rio.

–¿De qué te ríes?

–En cierta ocasión estuve comprometida.

Al escuchar la mención al compromiso, Ethan recordó sus experiencias pasadas y tuvo que hacer un esfuerzo para olvidarlas y no estropear el momento.

–¿En serio? –preguntó, apoyándose en un brazo.

–Sí. Se llamaba Norton. Y estaba obsesionado con los gérmenes, ya sabes, con la esterilización y con todas esas cosas...

—¿Quieres decir que nunca hicisteis el amor en el suelo?

—Desde luego que no. De hecho, era tan maniático que ponía el aire acondicionado a pleno funcionamiento solo para que no sudáramos.

Ethan rio.

—Bueno, yo tuve una novia que solo hacía el amor conmigo si ponía canciones de Bruce Springsteen.

—Oh, no.. —dijo, entre carcajadas.

—Peor fue cuando empezó a llamarme «The boss».

—Vaya, eso es una gran responsabilidad —bromeó.

Ethan puso una mano sobre el seno izquierdo de Cecelia y sonrió al notar que sus pulsaciones se habían acelerado.

—¿Qué te parece si vamos a la cabaña?

—¿Para qué? Podemos hacerlo aquí —respondió, antes de abrazarlo.

Capítulo Diez

ETHAN apuntó con su brocha a Cecelia y dijo:

–Mira, si quieres ayudar, tendrás que hacerlo desnuda.

–¡Ethan! No seas ridículo. Solo quiero ayudarte a pintar.

–Está bien, pero tendrás que quitarte la camiseta...

–¿Quieres que te ayude o no?

Cecelia estaba haciendo verdaderos esfuerzos para resistirse a la tentación de desnudarse. Era su cuarta noche juntos y ya no les quedaba mucho tiempo, pero de todas formas le encantaba jugar con él.

Había estado ayudando a Ethan por las tardes, trabajando en la cabaña con él y retirándose después, sistemáticamente, al dormitorio. Aquel día lo estaba ayudando a pintar el nuevo porche y el vaquero se había quitado la camisa porque hacía calor.

–Vamos, Cecelia, estamos solos...

–De acuerdo, como quieras.

Cecelia se levantó un poco la camiseta para enseñarle el estómago y volvió a taparse.

Pero un segundo después, se la quitó y la arrojó al suelo. Ethan la miró con verdadero asombro y ella se alegró de no haberse puesto un sujetador.

–Dame una brocha –dijo ella.

Ethan rio y Cecelia pensó que estaba profundamente enamorada de él. Pero tenía miedo. Solo le quedaban tres días en el rancho. Sin embargo, estaba decidida a disfrutar de ese tiempo y de todo lo que le había dado: amor, luz donde antes solo había sombras y recuerdos donde hasta entonces solo había imaginación.

–Aquí tienes tu brocha.

–Gracias –dijo, mientras la recogía–. Por cierto, la casa está quedando muy bien.

–Gracias a ti. Me has ayudado mucho.

–Querrás decir que te he molestado mucho.

–No te preocupes, ya he encargado otros cristales.

Ethan se refería al cristal que Cecelia había roto dos días antes.

Trabajaron juntos hasta que se puso el sol. Después, el vaquero olvidó el trabajo y la pintura y llevó a su loca amante sin camiseta a la casa para demostrarle realmente su agradecimiento.

En el rancho nadie hizo el menor comentario sobre la aventura de Cecelia y Ethan. Cuando ella estaba presente, no se decía nada. Y cuando Billy cometió el error de mencionar a Ethan que resultaba extraño que trabajara todas las noches en la cabaña, su hermano mayor lo miró con tanta dureza que nadie volvió a realizar el menor comentario. Sin embargo, sentían curiosidad.

Mark y Billy estaban muy contentos por el trabajo que habían realizado como casamenteros, pero Missy no las tenía todas consigo. Cuando miraba a la joven pareja pensaba en las viejas heridas de Ethan.

Aquella noche, mientras estaba en la cama con su marido, Missy preguntó:

–¿Mac?

–¿Sí? –acertó a decir, medio dormido.

Missy le dio un golpecito para que despertara.

–¿Qué sucede?

–Me preocupa Ethan –respondió la mujer.

Mac intentó taparse la cara con una almohada, pero su esposa se lo impidió.

–¿Qué pasará si el pasado pesa demasiado en él? –continuó–. Ya sabes cómo se quedó después de lo de Marsha. Se hundió y pasó años sin volver a fijarse en otra mujer.

–Cariño, Ethan ha tenido novias antes. No es un quinceañero. Puede cuidar de sí mismo.

Missy permaneció en silencio durante unos minutos y Mac pensó, equivocadamente, que aquel silencio equivalía a un permiso para seguir durmiendo.

–Ha sido una semana maravillosa, ¿no te parece? Ethan estaba tan contento...

–Sí, es cierto.

Mac se acercó a su esposa y la abrazó.

La mañana anterior al día de su marcha, Cecelia encontró a Nate en el establo, limpiando a Peaches. El pequeño se comportaba como si la yegua fuera suya, y la asistente social sonrió al oír que estaba susurrando algo al animal, tal y como hacían Ethan, Mark y Billy.

–Estaremos bien, pequeña –oyó que decía el niño–. Tú y yo estaremos bien, Peaches.

Cecelia pensó que el proyecto había sido todo un éxito y se sintió muy orgullosa. La vida de Nate había cambiado.

Como no quería que pensara que había escuchado la conversación, se comportó como si acabara de entrar:

–¿Nate? ¿Dónde estás?

–Estoy aquí con Peaches.

–Ah, hola... ¿cómo va todo?

–Bien.

–Me voy mañana, ¿lo sabías?

El niño dejó de limpiar a la yegua y la miró.

–¿Cómo? Pensé que te quedarías...

–¿Por qué?

–Por lo tuyo con Ethan. Quiero decir... os queréis, ¿verdad?

–Somos amigos, si es a lo que te refieres.

–Oh, ya sabes que no me refiero a eso...

–Está bien, lo admito, nos queremos. Pero tengo que regresar a Los Ángeles de todas formas.

–Peor para ti –dijo, con una sonrisa.

–No sé por qué sospecho que tú no quieres volver. Pero puedes regresar si quieres. Es parte del proyecto. Si no quieres quedarte, puedes regresar conmigo.

Nate negó con la cabeza.

–Quiero quedarme.

Cecelia le aseguro que llamaría todas las semanas para ver qué tal estaba y le pidió que escribiera un diario sobre sus experiencias en el rancho. El niño se resistió a la idea, pero ella sabía que lo haría de todas formas.

–Estás escribiendo a tu madre, ¿verdad? –preguntó.

–Sí, todos los días.

–Bueno, entonces...

–Este es un sitio maravilloso, Cecelia –confesó el pequeño.

Cecelia lo miró con intensidad. Llevaban juntos muchos días y se había establecido un fuerte vínculo entre ellos.

–Es cierto, Nate. Es maravilloso.

Cecelia salió de los establos y se dirigió a la casa para hacer el equipaje y para prepararse para las despedidas.

Pero en aquel momento apareció Ethan.

–¿Estás evitándome? –preguntó.

Cecelia tuvo que concentrarse para no llorar.

–Supongo que sí –confesó.

–Pues no lo hagas.

–No creo que una despedida larga tenga sentido.

En realidad, Cecelia tenía miedo de otra cosa. Temía que si lo miraba de nuevo, antes de encontrar las fuerzas para despedirse, le confesara que se había enamorado de él.

–Las despedidas siempre tienen sentido –declaró–. Te veré en la casa esta noche, ¿de acuerdo?

Cecelia asintió y sintió una profunda angustia mezclada con la esperanza de que consiguiera engañarse a sí misma, de que consiguiera actuar como si no estuviera enamorada y de que Ethan tampoco se atreviera a despedirse.

Todas las noches, mientras estaba tumbada junto a su amante, soñaba una vida con él, una vida en aquella casa, con hijos y una familia. Hasta imaginaba que podía seguir trabajando en su proyecto de asistencia social, recibiendo a los niños en la cabaña. Llevaba varios días imaginándolo, pero siempre se decía que era imposible y que no tenía más opción que regresar a Los Ángeles.

Caminó hacia la casa con una sonrisa en los labios y un profundo dolor en el corazón.

Los Cook estaban preparando una gran fiesta en su honor. Aquella iba a ser la última noche y querían que todo fuera perfecto. Hasta habían conseguido convencer a Lis para que participara.

–Eres del mismo tamaño –dijo Billy–. Probablemente querría vestirse con elegancia para la ocasión, pero no se ha traído ropa adecuada.

–Sí, es cierto, a las mujeres les gusta vestirse bien –dijo Mark.

–¿Cómo lo sabes tú? –preguntó Lis.

—Vamos, Lis, le harás un favor —declaró Billy, con una sonrisa.

—Está bien...

Lis se dirigió hacia el dormitorio de Cecelia, con sus faldas y blusas bajo el brazo. Llamó a la puerta y un segundo después, Cecelia abrió.

—No me digas que te he llevado un montón de malas hierbas...

La asistente social se refería a que poco antes le había llevado varias cosas para preparar una ensalada.

—No, no te preocupes, no es eso. Estaba pensando que es tu última noche en la casa y que tal vez quisieras ponerte algo bonito... Pero si no quieres, dímelo.

Lis no tenía muchos amigos en el rancho. Le encantaba su trabajo y le gustaban los Cook, y cuando Cecelia sonrió y la miró con entusiasmo, la cocinera fue consciente de cuánto echaba de menos tener una buena amiga.

—También tengo algunas joyas...

—¿Tienes maquillaje? Solo tengo una barra de labios.

—No se puede decir que tenga gran cosa, pero todo lo que tenga es tuyo —dijo Lis—. Vamos a mi habitación.

Mark y Billy habían vaciado casi todos los cajones de la cocina cuando entró su madre.

–¿Qué diablos estáis haciendo? –preguntó.

–Estamos buscando velas –respondió Billy.

–¿Para qué?

–Pensamos que darían un toque romántico a la velada –respondió Mark.

Missy se acercó a ellos y abrió el último cajón que quedaba por abrir. Justo el lugar donde estaban las velas.

–¿Estabais buscando esto? –preguntó.

La mujer sacó seis grandes velas blancas y sus hijos aplaudieron, entusiasmados.

–Y ahora, recoged todo lo que habéis sacado –declaró la mujer.

Mac y Nate fueron a buscar a Ethan a los establos. Pero antes de entrar, el hombre comentó en voz baja:

–Ya sabes, compórtate como un vaquero.

–De acuerdo –dijo el niño.

Cuando entraron, Ethan estaba poniendo una inyección a una de las vacas y el niño se asustó y se olvidó de comportarse como un vaquero.

–¡Dios mío!

—Hola, chicos –dijo Ethan.

—Hola, hijo –dijo su padre–. ¿Por qué no te vas a arreglarte un poco?

—¿A arreglarme?

—Claro, para la cena. Ya sabes... dúchate, aféitate y ponte algo elegante –respondió Mac.

—¿Elegante?

Ethan no entendía nada. Las palabras de su padre le habían sonado tan extrañas en él como si le hubiera pedido que se desnudara y corriera por todo el establo.

—Vamos a dar una fiesta en honor de Cecelia –explicó entonces el niño–. Y nadie querrá sentarse a la mesa con alguien que huele a vacas como tú.

Ethan miró a su madre y el hombre asintió.

—Está bien, iré a arreglarme.

Billy y Mark estaban en la cocina, admirando el resultado de su trabajo. Habían colocado las velas en lugares estratégicos e iluminaban perfectamente la sala.

—Creo que se nos ha olvidado algo –dijo Billy.

—Ethan se está afeitando, Cecelia se está maquillando y nosotros ya hemos acabado con las velas... ¿Qué se nos puede haber olvidado?

–La música.

–¿Música?

–Sí, claro, un poco de música romántica.

–Billy, te recuerdo que Ethan y Cecelia no van a estar solos. Todo el mundo va a venir.

Mark calculaba que serían alrededor de quince personas, incluidos varios vaqueros sucios y un niño de once años que arruinarían cualquier romanticismo. Por no hablar de sus padres, famosos por ese tipo de cosas.

–Sí, bueno, pero un poco de música estaría bien.

Billy encendió la vieja radio que había sobre el frigorífico y buscó alguna emisora, pero solo pudo captar dos. En una estaban hablando de ganado y en otra había un concurso.

–Parece que nos quedaremos sin música –dijo Mark.

–Eh, ahora que lo pienso... ¿Aún tienes tu guitarra?

–Sí, pero hace años que no toco.

–¿A quién le importa? Toca un par de canciones. Cualquier cosa estará bien.

Billy no le dio tiempo a reaccionar. Se

acercó, le dio una palmada en la espalda y repitió:

–Cualquier cosa.

–Sí, claro...

–¿Qué ha pasado con la luz? –preguntó Ethan cuando entró en la cocina.

–Pregúntaselo a tus hermanos.

Ethan miró hacia la mesa. Parecía que el que había hablado era Jesse, pero estaba tan oscuro que no pudo distinguir su rostro.

–La luz no funciona –dijo Billy.

–Es verdad, será un fusible o algo así –explicó Mark.

–¿Y por qué no vais a arreglarlo?

–Porque tenemos hambre –respondió Billy–. Además, cenar a la luz de las velas no está mal, ¿no crees?

En aquel instante se encendió una cerilla al otro lado de la mesa. Era Mac.

–Nate –dijo el padre de Ethan–, ¿podrías ir al pasillo y ver si funciona la luz?

–Pero papá... –protestó Billy.

–Lo siento, me gusta ver lo que estoy comiendo –dijo Mac, irritado.

Nate obedeció y pulsó el interruptor del pasillo. Naturalmente, la luz se encendió. Sin embargo, no rompió el ambiente romántico de la cocina aunque ahora podían ver mucho mejor.

Justo cuando los vaqueros se felicitaban y aplaudían por la iluminación extra, apareció Cecelia. Llevaba una falda larga y un top, con un cinturón.

Al oir los aplausos, la asistente social se ruborizó. No sabía lo que estaba pasando, y su rubor provocó a los vaqueros, que comenzaron a aplaudir aún más fuerte.

Ethan sonrió. Durante los últimos días había intentando hacer caso omiso de lo que sentía por ella. No podía afirmar que estuviera enamorado de aquella mujer, pero lo sospechaba. Sin embargo, seguía convencido de que ninguna mujer lo querría como esposo.

Cecelia estaba encantada. La iluminación era muy romántica, había un montón de comida y habían dejado varios regalos sobre su silla. Le emocionó que hubieran preparado todo aquello para darle una fiesta de despedida y sus ojos se llenaron de lágrimas.

–No tendríais que haberos molestado –acertó a decir.

–Casi todos los regalos son recuerdos de tu paso por el Morning Glory –dijo Jesse, entre carcajadas.

–Es cierto. Hasta te hemos regalado un

mapa con la ruta que tienes que seguir para llegar al aeropuerto –dijo Billy–. Ya sabemos que tienes cierta predisposición a perderte.

–Te he puesto unos cuantos sobres con semillas –intervino entonces Lis–. No sé si tienes sitio para plantar cosas en tu casa, pero...

Cecelia no pudo evitarlo. Se acercó a su nueva amiga y la abrazó con fuerza.

–Gracias, gracias a todos, ojalá que...

La joven no terminó la frase. Estaba tan emocionada que no podía hablar. Entonces, volvió a mirar a su silla y se llevó una sorpresa al ver una linterna.

–¡Nate, justo lo que necesitábamos...!

–Es lo que pensé –dijo el niño, sonriendo.

–¿Me la prestáis? –preguntó Billy.

El menor de los Cook tomó la linterna, la encendió y la puso en mitad de la mesa, apuntando hacia el techo.

Aquella fue la cena más divertida de toda la vida de Cecelia. Rieron, comieron, y hasta dieron buena cuenta de una tarta de chocolate y café.

Casi estaban terminando cuando Billy susurró a Mark:

–Ve a buscar a guitarra.

–No, es una idea estúpida.

–Si no lo haces tú, lo haré yo.

–Adelante.

Mark tomó un poco de café y se alegró de haberse librado tan fácilmente de aquel asunto.

Entonces, Billy se levantó y todos lo miraron.

–Quiero anunciaros algo especial. Aunque hay gente que no considera que despedirse de Cecelia sea algo especial –dijo, mirando a Mark–, yo no soy de la misma opinión.

Billy salió de la cocina y los invitados siguieron charlando tranquilamente. Pero las conversaciones se detuvieron un par de minutos después, cuando reapareció con una guitarra.

–¿Qué estás haciendo con eso? –preguntó Jesse.

–Voy a tocar, y puede que cierto hombre quiera bailar con cierta mujer... –declaró, mirando a Ethan y a Cecelia.

–Este chico se ha vuelto loco –dijo Jesse.

–Bueno, yo diría que todos estamos un poco locos aquí –declaró Abe.

–Pues a mí me parece que bailar es una gran idea –observó Mac.

Cuando Billy empezó a tocar, Missy se acercó a su esposo y comenzó a bailar con él.

–Está bien. Entonces habrá que hacerlo –dijo Ethan.

El vaquero se levantó y Cecelia no tuvo más remedio que aceptar la invitación a bailar.

–Hacéis muy buena pareja –declaró Jesse, entre risas–. A ver si la agarras mejor que a Marsha...

Billy se equivocó de nota y el sonido reverberó en el silencio repentino de la sala. Abe le pegó un golpe a Jesse por debajo de la mesa, Mac y Missy dejaron de bailar y finalmente Ethan se apartó de Cecelia.

–¿Qué ocurre? –preguntó la asistente social.

Ethan rio con amargura y Cecelia se estremeció.

–Muy bueno, Jesse –dijo el vaquero–. Gracias por recordármelo.

Entonces, Ethan se dio la vuelta y salió de la casa.

Capítulo Once

TRAS la marcha de Ethan, el espíritu festivo desapareció y todos se despidieron y se marcharon.

Cecelia ya estaba a punto de retirarse cuando Mac la detuvo.

—No creo que quiera hablar contigo todavía. Será mejor que lo dejes solo.

Cecelia estaba muy confundida. Era obvio que su amante le había ocultado algo importante y no sabía qué era.

—¿Qué está pasando aquí? —preguntó, mirando a Missy.

Missy y Mac se miraron. Mac se encogió de hombros y asintió.

—Siéntate, querida —dijo la mujer.

—Solo quiero saber qué está pasando.

Missy se sentó y suspiró con tristeza.

—De acuerdo, sigue de pie si quieres. Verás... Ethan estuvo casado.

—¿Qué?

—Se lo podías haber dicho de un modo más sutil, mamá —protestó Billy.

—Vaya, habló el rey de la sutileza.

—¿Qué quieres decir? —preguntó Cecelia.

152

–Marsha y Ethan se conocían desde el colegio –respondió Mac–. Todo el mundo creía que terminarían por casarse, así que supongo que no les dejamos otra opción. Pero después de vivir varios años en este rancho, con un hombre que trabajaba doce horas al día, Marsha decidió que no le gustaba este tipo de vida. Los dos eran muy jóvenes y cometieron errores, pero Marsha empezó a salir con otras personas. Y cuando Ethan se enfrentó a ella, se marchó.

–¿Se marchó?

–En efecto, lo abandonó.

Billy continuó con la historia:

–Ethan se hundió después de aquello y no volvió a ser la misma persona. Una noche estábamos tomando unas cervezas con él y nos comentó que Mark y yo tendríamos que encargarnos de la descendencia de los Cook, que para él ya no había futuro. Desde entonces no volvió a salir con nadie, hasta que apareciste tú. Ahora ha empezado a ser tal y como era antes de que Marsha lo abandonara.

–¿Qué pretendes decir con eso?

–Que le importas –respondió Billy.

–¿Y por qué no me habíais dicho nada? –preguntó Cecelia.

–¿Habría cambiado algo? –se preguntó

Mark–. Creo que os habríais enamorado de todas formas.

–Yo no estoy...

–Te equivocas –la interrumpió Missy–. Lo estás.

Ethan se encontraba en lo alto de la montaña, contemplando el valle e intentando tranquilizarse. Pero aquella noche estaba demasiado enfadado y confuso. Tal era su estado que cuando oyó que Cecelia se acercaba, no se alegró.

–Márchate, no quiero que estés aquí –declaró.

–Lo sé.

Sin embargo, Cecelia no se marchó. Bien al contrario, se acercó a él.

–Lo he dicho en serio.

–Lo sé –repitió.

La mujer lo tocó suavemente y el vaquero se volvió hacia ella, furioso.

–¿Cómo tengo que decirte que te marches?

–Tus padres me han contado lo de Marsha.

–¿Y qué?

–Que ahora sé por qué te estás comportando de este modo.

Ethan rio con amargura.

–¿Siempre tienes que estar cuidando a alguien? Mira, cada uno tiene sus tragedias. Tus padres murieron, pero no fue culpa tuya. En cambio, yo fui parcialmente responsable de la marcha de Marsha.

–Pero érais muy jóvenes...

–No, yo fui un mal marido. Ella me lo dijo.

–Puede que solo fueras un mal marido para ella.

–Perdóname, pero en este caso su opinión es más relevante que la tuya. No en vano, estuve casado con ella. Cecelia... no quiero volver a casarme, no necesito una esposa.

–Pero tienes que comprender que...

–No. Lo único que hay que comprender aquí es algo que ya te he dicho: márchate.

–Ethan, no hagas esto. Puedo ayudarte.

–¿Ayudarme? ¿Cómo? ¿Dándome consejos? –preguntó, angustiado.

–Tienes que hablar con alguien de lo sucedido.

–No necesito hablar con nadie. Y francamente, una mujer de ciudad que es maravillosa en la cama pero inútil en un rancho, es la última persona con la que hablaría.

Las palabras de Ethan hundieron a Cecelia y destrozaron todas sus defensas. Los ojos de la joven se llenaron de lágrimas, pero el vaquero siguió hablando.

—Lo nuestro no es nada, Cecelia. Nada.

—Ethan sé que no sabes lo que estás diciendo. Sé que ni siquiera quieres decirlo...

Ethan rio.

—Me amas, ¿verdad? Pues ese es tu problema.

Cecelia sabía que no abandonaría aquella montaña con el corazón intacto, pero no había imaginado que Ethan pudiera comportarse de un modo tan extremadamente cruel con ella. Lo miró durante unos segundos, temblando de dolor, y acto seguido regresó al rancho.

Nadie le preguntó en la casa por lo sucedido. En cuanto la vieron, supieron que no había sido nada bueno.

Cecelia pasó una noche terrible. No podía dormir y se maldecía por haber confiado en aquel hombre. Deseaba que entrara en el dormitorio y se disculpara, que la tomara entre sus brazos y le pidiera perdón por todo lo que había dicho.

Estuvo atenta a cada sonido de la casa; esperaba que la puerta se abriera en cualquier instante, pero al amanecer aún seguía esperando.

Entonces se levantó y terminó de hacer el

equipaje. Le dolía la cabeza y tenía el corazón roto, partido en el mismo lugar donde descansaba la memoria de sus fallecidos padres. Pero hizo un esfuerzo por mantener el control, porque sabía que de lo contrario no se marcharía nunca de aquel lugar.

Cuando bajó a la cocina, vio que Missy estaba sentada a la mesa, desayunando.

—Hay café caliente, si quieres —dijo la mujer.

Cecelia había guardado todas sus pertenencias en una bolsa de viaje, que llevaba consigo. La miró y dijo:

—No, gracias, me marcho ya. Nate sabe lo que tiene que hacer y desde luego puedes llamarme por teléfono si surge algún problema. Ah, por cierto, dale las gracias a Jesse por haber arreglado mi coche.

—¿Te encuentras bien, Cecelia?

Cecelia no quería hablar, así que se limitó a agradecerle la hospitalidad, caminó hacia el porche y se dirigió a su vehículo, pero Missy la siguió.

—Cecelia, Ethan te ama. Yo lo sé y él lo sabe. Precisamente por eso se ha comportado de este modo.

—No, él no lo sabe, Missy. Ayer lo dejó bien claro.

Cecelia entró en el coche y arrancó. Segundos después abandonaba el Morning Glory, y ya había lo había perdido de vista cuando se llevo una sorpresa: en un recodo de la carretera la estaba esperando Ethan, montado en Freddie.

Al verlo, su corazón se detuvo.

El vaquero bloqueaba el paso, así que no tuvo más remedio que detenerse. Durante un momento llegó a considerar la posibilidad de acelerar y atropellarlo, pero el caballo no le había hecho nada y no habría sido muy justo.

Entonces, el vaquero desmontó y Cecelia salió al exterior para enfrentarse a él.

–¿Qué quieres, Ethan?

Ethan se detuvo a un par de metros de ella y la miró con tristeza y confusión.

–Quería decirte que...

Deseaba decirle que estaba muy arrepentido. Había pasado toda la noche despierto, pensando en ello. Sabía que debía olvidar el pasado, olvidar a Marsha y olvidar su fracaso matrimonial, pero sobre todo se sentía profundamente angustiado por todo lo que le había dicho a Cecelia la noche anterior. Había herido a la mujer que quería, sin pretenderlo.

–Quería decirte que lo siento –continuó–. Además, no quiero que te marches sin decirte que yo...

Cecelia lo miró y sonrió, emocionada. Amaba a aquel vaquero.

–Yo...me lo he pasado muy bien contigo.

–¿Qué te lo has pasado muy bien conmigo? –preguntó ella, furiosa.

–Sí, muy bien.

–Maravilloso, Ethan, maravilloso –dijo con ironía–. Me alegra que te hayas divertido tanto. ¿Sabes por qué? Porque has conseguido borrar todas las cosas buenas que he vivido estos días en el rancho de tu familia y las has sustituido por excrementos de caballo.

Cecelia estaba muy enfadada. Pensaba que le iba a declarar su amor, y en lugar de eso, le decía que se había divertido.

–Perdóname si no te devuelvo el cumplido –continuó hablando–. Y ahora, si haces el favor de sacar el caballo de la carretera, me marcharé de esta montaña.

La asistente social regresó a su coche, cerró la portezuela con fuerza y arrancó. Cuando miró hacia atrás no vio a Ethan por ninguna parte, y durante el camino al aeropuerto tuvo que parar varias veces: lloraba tanto que no podía ver la carretera.

Un mes más tarde, Samantha llamó a casa de sus padres desde su despacho. Cuando contestaron a la llamada, preguntó en voz baja:

—¿Cómo van las cosas por ahí?

—¿Qué dice? ¿Eres tú, hija? –preguntó Mac, que apenas podía oirla.

—Hola, papá. Sí, soy yo. ¿Puedes ponerme con Billy?

—Claro, ¿te encuentras bien? ¿Necesitas dinero?

—Estoy bien, papá, aunque algo enfadada con mis hermanos.

—O sea, como siempre –rio su padre.

Mac llamó a Billy, que enseguida se puso al teléfono.

—Hola, Samantha...

—¿Se puede saber qué habéis hecho?

—¿A qué te refieres?

—A que envié al rancho a una mujer maravillosa y me habéis devuelto a una mujer destrozada.

—¿Se encuentra mal Cecelia? –preguntó, preocupado.

—Sí. Se está matando a trabajar, creo que no come, se niega a hablar sobre lo que sucedió en el rancho y la he descubierto llorando en el cuarto de baño varias veces. Así que dime qué pasó.

—Bueno, en realidad no lo sé. Todo iba bien hasta que Jesse abrió su bocaza y Ethan se marchó. Después de aquello, solo sé que Cecelia se fue y que Ethan se está comportando como un loco.

–¿Qué quieres decir con eso de que se comporta como un loco?

–Algo parecido a lo que has dicho de Cecelia. Trabaja todo el tiempo, no creo que duerma y no habla con nadie si no es para gritar. Incluso ayer, al pobre Nate se le ocurrió mencionar a Cecelia y Ethan reaccionó como si hubiera escupido a Freddie. Es increíble.

–Comprendo...

–Espera un momento, hermanita. Sé lo que estás pensando, pero nosotros intentamos lo mismo y no funcionó.

–Digas lo que digas, es obvio que Ethan y Cecelia están hechos el uno para el otro, Billy.

–¿Me estás pidiendo que...? ¡De ninguna manera!

–Mira, Billy, me costó mucho que esos dos pasaran juntos unos cuantos días y no voy a permitir que vosotros lo estropeéis todo.

–¿Y qué propones que hagamos?

En aquel momento, Samantha vio que Cecelia salía del cuarto de baño con ojos enrojecidos.

–Ahora no puedo hablar, pero será mejor que se os ocurra algo y que sea bueno.

Aquella noche hubo reunión familiar en el Morning Glory, después de la cena. Ethan no estaba presente, pero Lis y Nate, sí.

–Samantha está muy enfadada porque dice que hemos estropeado sus planes –declaró Billy.

Lis dejó la cafetera en mitad de la mesa, para que todo el mundo se pudiera servir, y dijo:

–Estoy de acuerdo con Mac en este asunto. Os habéis metido en asuntos que no eran vuestros y solo habéis conseguido herir a dos personas.

–No, no tienes razón –intervino Mark–. Creo que todo lo que ha sucedido entre Ethan y Cecelia demuestra que están hechos el uno para el otro.

Missy se sirvió un café y rellenó la taza de su marido.

–Bueno, ya basta de discusiones. Tenemos que encontrar la forma de volver a unirlos –dijo la mujer.

Todos se quedaron en silencio. Y de repente, las miradas se volvieron hacia Nate.

–Oye, Nate –dijo Billy–. ¿Te gustaría que

Ethan dejara de obligarte a limpiar los establos cada mañana?

–¿Bromeas? Me encantaría –respondió el niño.

Nate no sabía qué relación podía existir entre los establos y el problema de Ethan y Cecelia, pero estaba dispuesto a hacer cualquier cosa con tal de no tener que volver a limpiarlos.

Capítulo Doce

CECELIA se frotó el puente de la nariz y se preguntó brevemente por qué haría la gente eso. Frotarse el puente de la nariz no servía para sentirse mejor; solo servía para dejarse marcas.

—Tranquilízate, Nate...

—Mira, Cecelia, limítate a venir a buscarme. ¿De acuerdo? —declaró el niño, enfadado.

—No lo comprendo. Hace un mes te encantaba el rancho...

—Sí, pero ahora lo odio.

Nate miró hacia la entrada del salón, donde se habían congregado todos los Cook para escuchar la conversación telefónica. El niño se encogió de hombros y ellos lo animaron con gestos para que siguiera adelante con el plan.

—Ven a buscarme —insistió.

—Nate, no puedo ir a buscarte. Tendrás que contarme qué ha pasado.

Nate tapó el auricular del teléfono y dijo en voz baja, asustado:

—Quiere saber qué ha pasado. ¿Qué le digo?

–Oh, vaya.. –murmuró Billy–. Eso no lo habíamos pensado.

Por fortuna, el chico tuvo una idea.

–Me ha pegado –le dijo a Cecelia–. Me ha pegado dos veces.

–¿Quién? –preguntó la asistente social, preocupada.

–Ethan –respondió.

Los Cook no podían creer que hubiera dicho algo así. En aquel momento tuvieron la impresión de que su plan se había venido abajo.

–Estaré allí mañana mismo.

Cecelia colgó el teléfono y el niño se volvió hacia los presentes con una sonrisa de triunfo.

–Ha dicho que estará aquí mañana.

Ethan pisó el acelerador a fondo. Quería llegar al aeropuerto tan rápidamente como fuera posible para decirle unas cuantas cosas a Cecelia Grady. No podía creer que se hubiera atrevido a intentar llevarse a Nate de aquel modo. Cada vez que pensaba en la mirada de tristeza del pequeño, se enfurecía.

Aquella mañana, Nate le había contado que Cecelia quería llevárselo del rancho y que ni siquiera le había explicado las razones. Por eso, cuando alguien pidió un voluntario para ir a buscarla al aeropuerto, decidió ir él mismo. Estaba tan enfadado que deseaba enfrentarse a ella cuanto antes. No era justo que castigara al niño por lo que había sucedido entre ellos.

Pero lo que más le molestaba era que lo hubiera traicionado de aquel modo. Se había convencido a sí mismo de que Cecelia era una gran mujer, alguien diferente, un verdadero ángel. Durante el largo mes que había transcurrido desde su marcha había llegado a la conclusión de que estaba enamorado de ella. Y ahora, se comportaba como una idiota.

Cuando llegó al aeropuerto, aparcó y avanzó hacia la terminal a grandes zancadas. Estaba tan furioso que la gente se apartaba al verlo, pero ni siquiera se dio cuenta. En aquel momento habría estrangulado a Cecelia con su propio cabello.

Cecelia había pasado casi toda la noche pensando en lo que le haría a Ethan Cook cuando pudiera ponerle las manos encima. Por una parte, deseaba destrozarlo; por otra, era incapaz de creer que el hombre que le había hecho el amor con tanta delicadeza y apasionamiento fuera capaz de pegar a un niño. Sin embargo, sabía que el vaquero podía llegar a ser extremadamente frío e incluso cruel.

No estaba segura de quién iría al aeropuerto a buscarla. Samantha le había dicho que enviarían a alguien, pero jamás se le habría ocurrido que sería Ethan. Cuando lo vio, apoyado en una pared, su corazón se detuvo; estaba tan atractivo como siempre. Pero enseguida recordó lo sucedido con Nate y avanzó hacia él hecha una furia.

El vaquero la vio y pensó que aquella mujer podía ser realmente excitante cuando se comportaba con apasionamiento, pero enseguida descubrió que estaba tan enfadada como él.

–¿Qué diablos crees que estás haciendo? –preguntaron los dos, al mismo tiempo.

Ethan quiso añadir algo, pero ella lo interrumpió:

–No pienso escucharte. Ni siquiera quiero hablar contigo. Cómo has podido atreverte a pegarle... Me lo llevaré tan lejos de ti como sea posible.

–¿De qué estás hablando?

–Has pegado a Nate.

–Yo no he pegado a Nate –declaró, asombrado.

–No te molestes en mentir.

–¿Mentir? –preguntó, en voz alta–. ¿Me estás acusando de mentir? Eso tiene gracia. Déjate de tonterías y dime qué estás haciendo realmente aquí.

–¡Estoy aquí porque has pegado a Nate!

–Estás aquí porque estás furiosa.

–¿Furiosa?

–Sí, estás furiosa conmigo y pretendes pagarlo con el chico, llevándotelo del rancho.

–En una cosa tienes razón. Estoy furiosa. ¡Furiosa porque le has pegado!

La gente estaba empezando a mirarlos, así que Ethan intentó alejarla de allí. Pero Cecelia se resistió y gritó.

–Le has pegado y ahora pretendes raptarme... ¡Socorro! ¡Que alguien me ayude!

En aquel momento, un anciano que estaba tomado un café en la barra de la cafetería del aeropuerto, se levantó y caminó hacia ellos.

–¿Necesitas ayuda con esa chica, Ethan? –preguntó.

Como Ethan no sabía qué hacer, decidió tratar a Cecelia como si fuera una res. La atrapó, la levantó y se la puso sobre los hombros.

Un vaquero que pasaba por allí levantó un pulgar a modo de felicitación y dijo:

–Bien hecho, Ethan.

—Ethan, te lo advierto... –protestó Cecelia.

—No, cariño, soy yo quien te advierte. Si no te estás quieta, te meteré en un cubo de basura y te dejaré ahí.

Cecelia no dijo nada.

Cuando llegaron al vehículo, Ethan la arrojó en el asiento del copiloto y pensó que tal vez habría sido mejor que la tirara al cubo de la basura.

—Lo siento, Cecelia, pero no me has dejado otra opción. Estabas montando una escena en pleno aeropuerto.

—¿Ah, sí? –preguntó con ironía–. Pues espera a ver lo que pienso decir delante de tu familia.

—Cecelia, si pretendes llevarte al niño solo porque estás furiosa conmigo, lo comprendo aunque no lo comparta. Pero no te atrevas a involucrar a mi familia en esto.

—¿De dónde has sacado la idea de que quiero llevarme al niño por eso?

—Si esa no es la razón, ¿por qué quieres llevártelo?

—¡Porque pegaste a Nate!

Ethan empezó a pensar que allí ocurría algo extraño.

—Cecelia, nunca le pondría una mano encima.

–Pero Nate dijo que le habías pegado...
Cecelia lo miró sin saber qué pensar.

–Pues ha mentido.

–¿Pero por qué iba a mentir? –preguntó.

–¡Billy! –exclamaron los dos, al unísono.

–Oh, no, tu familia lo organizó todo desde el principio... –dijo Cecelia–. La cena con las velas, el baile, y ahora esto.

–Pues esta vez se han excedido. Hasta han utilizado al niño.

Ethan la miró de soslayo y recordó de repente lo que había averiguado durante aquel largo mes de alejamiento. La amaba. Y mientras ella movía la cabeza en un gesto negativo, sin creer todavía lo que había sucedido, algo estalló en el interior del vaquero.

Tuvo que resistirse a la tentación de parar el coche en el arcén y confesarle que quería casarse con ella, vivir en la cabaña de la montaña y tener hijos. Un mes antes no habría creído que podía sentir algo así, pero entonces estaba demasiado confundido.

Cecelia seguía a su lado sin decir nada, sin mirarlo siquiera, y Ethan tuvo la horrible impresión de que tal vez ya no sintiera nada por él. Se había comportado muy mal con ella. Sabía que le había hecho daño.

–¿Qué piensas hacer?

–¿Con Nate? –preguntó Cecelia.

–Sí.

–Lo dejaré en el rancho, pero no antes de mantener una conversación muy seria con tu familia sobre comportamiento profesional.

–No los culpes. Solo pretendían ayudar.

–¿Cómo? ¿Saboteando el proyecto? ¿Sacándome del trabajo en mitad de la semana laboral? ¿Obligándome a enfrentarme contigo? Yo no quería volver a verte, Ethan.

–Lo sé.

Permanecieron en silencio un rato, y poco antes de que llegaran al desvio de la casa de Ethan, Cecelia preguntó:

–¿Ya has terminado la cabaña?

–Sí, casi está terminada.

–Me gustaría verla –declaró de repente.

Ethan la miró y bajó la velocidad para tomar el desvío. Unos minutos después llegaron al claro.

Cecelia descendió del vehículo y miró el edificio con ojos brillantes.

–Oh, Ethan, has hecho un gran trabajo...

El vaquero se acercó a ella y declaró, de repente:

–Te amo, Cecelia.

La joven se encontraba de espaldas a él, pero supo que había escuchado sus palabras por la súbita tensión de su cuerpo.

–Te amo –repitió–. Durante este mes me he comportado muy mal con todo el mundo, solo porque no quería asumir lo que sentía. Pero tengo que decírtelo. Has regresado y sé que te volverás a marchar. Soy consciente de lo que estoy diciendo y sé que fui cruel contigo, pero tenía que decírtelo. Te amo.

–¿Crees que eso cambia las cosas?

–Sí. No. Bueno, no lo sé.

Ethan se detuvo. No quería seguir hablando mientras Cecelia le daba la espalda, así que se acercó, la tomó por los hombros y la obligó a mirarlo. La asistente social estaba llorando. Las lágrimas resbalaban por sus mejillas y él sintió un profundo dolor por haberla herido.

–Sé que he permitido que el pasado arruinara mi futuro –declaró, mientras le secaba las lágrimas con un dedo–. Lo sé desde hace mucho tiempo, pero no había conocido a ninguna mujer por la que mereciera la pena arriesgarse de nuevo. Me entregué por completo a Marsha y me abandonó. Comprende que recuperarse de algo así no es fácil.

–¿Y es eso lo que estás haciendo ahora? ¿Entregarte por completo a mí?

–Lo estoy intentando.

–¿Y piensas darme esta casa? –preguntó, sin dejar de llorar.

–La compartiré contigo.

–¿Y me darás hijos?

–Tantos como quieras.

–¿Y seré parte de tu familia?

–Lo serás.

Los dos sonrieron; y entonces, por primera vez en muchos días, Ethan la tomó entre sus brazos y la besó. Y las heridas del corazón de Cecelia desaparecieron.

–Espera –dijo ella–. Quiero hacerte otra pregunta.

–Adelante.

–Es algo muy importante.

–Sea lo que sea, te lo daré.

–Quiero traer a niños de la ciudad a la cabaña. Quiero dirigir el programa desde aquí y albergar a chicos como Nate.

Ethan ni siquiera tuvo que pensarlo. Comenzó a caminar hacia la casa y dijo:

–Por supuesto. Pero ahora, permíteme que te diga lo que yo quiero.

Cecelia sonrió. Estaba tan emocionada por el amor que sentía y por la perspectiva de una vida juntos que le habría prometido cualquier cosa. Su vida, su corazón, todo su tiempo. Quería compartirlo todo con él.

–Quiero enseñarte mi cama.

–¿Tu cama? –preguntó, sorprendida.

Hasta entonces, siempre habían hecho el

amor en el suelo, en mitad del campo o en un colchón colocado en alguna de las habitaciones vacías de la cabaña.

–Sí. Y es muy grande.

–Estoy deseando verla –dijo Cecelia.

Y lo dijo con todo su corazón.